CB030293

MARVEL

PANTERA NEGRA

O JOVEM PRÍNCIPE:

REBELIÃO

RONALD L. SMITH

SÃO PAULO
2024
EXCELSIOR
BOOK ONE

Para Rosie Lee Smith
Amada mãe e fã número um

CAPÍTULO UM

T'Challa não conseguia parar de pensar em churrasco.

Não um churrasco qualquer, mas um sanduíche bem recheado de carne assada, pingando molho picante e um copo de chá doce para acompanhar tudo. Uma tigela quente de macarrão com queijo do sul também seria uma boa. Talvez até um cachorro-quente.

Contudo, olhou para o prato de comida à sua frente: vegetais folhosos, banana-da-terra recém-descascada, uma tigela de nozes-de-cola e algumas fatias de pão achatado. Ele não ficou muito impressionado. No ano passado, ele passou o verão no Alabama com os amigos Zeke e Sheila e comeu tanta comida sulista, que a boca estava cheia d'água só de pensar nelas.

Ele suspirou.

Seu treinador, Themba, o tinha feito treinar por uma semana inteira. T'Challa sentiu como se nunca tivesse se exercitado tanto antes na vida: oito quilômetros todas as manhãs, seguidos de exercícios básicos e um período de relaxamento usando yoga kemética, que consistia em se centrar por meio de exercícios respiratórios. Esta foi uma espécie de recompensa, depois de uma sessão tão difícil, e T'Challa sempre saía dos treinos revigorado e calmo.

Ele experimentou algumas das bananas, mastigando pensativo e saboreando seu gosto, quando foi interrompido por uma batida na porta. T'Challa fez uma pausa.

Quem poderia ser?

Ninguém chegava perto da residência do Príncipe de Wakanda sem uma inspeção minuciosa. Quem estava do outro lado já havia sido aprovado por seus guardas, isso era certo. T'Challa abriu a porta e se deparou com um rosto sorridente.

– M'Baku. O que você está fazendo aqui?

– Hã? – M'Baku perguntou, praticamente derrubando T'Challa no caminho. – Preciso de um convite especial para ver o príncipe?

T'Challa fechou a porta e balançou a cabeça.

Ele e M'Baku eram os melhores amigos desde crianças. Mas na amizade deles nem tudo eram flores. Isso foi posto à prova há algum tempo, quando os dois meninos visitaram a América pela primeira vez. M'Baku se deixou influenciar por um estudante carismático chamado Gemini Jones e sua gangue, os Caveiras. T'Challa logo descobriu que eles eram mais do que apenas uma gangue de rua. Eram uma sociedade secreta que operava fora de sua escola e tentava invocar magia negra. O que se seguiu foi uma aventura apavorante, que terminou em um confronto mortal com uma entidade sobrenatural. Demorou um pouco para T'Challa perdoar M'Baku por sua participação em tudo isso, mas eles logo se tornaram amigos novamente e deixaram a briga no passado. Ainda assim, M'Baku tinha uma maneira de testar os nervos de T'Challa. Como agora, por exemplo.

M'Baku caminhou tranquilamente pelo quarto, pegando itens e colocando-os de volta no lugar. Ele era um adolescente grande, e seu tamanho parecia ocupar todo o ar do espaço.

– Procurando por algo? – T'Challa perguntou.

M'Baku inspecionou a parte de baixo de uma pequena estatueta de pantera.

– Não, na verdade, não. É que nunca se sabe que tipo de coisas da realeza você tem escondidas. Alguma nova tecnologia para experimentar?

T'Challa sentou-se enquanto M'Baku folheava vários livros.

– Não. Deixei meu traje de invisibilidade no laboratório de ciências.

A boca de M'Baku se abriu.

– In... *invisibilidade*?

– Peguei você! – T'Challa exclamou e começou a rir.

M'Baku franziu a testa.

– Sabia que parecia bom demais para ser verdade.

– Você mereceu – T'Challa o provocou. – Por ser tão intrometido.

Por fim, M'Baku desabou em uma das cadeiras e soltou um suspiro pesado, embora ainda olhasse para a sala como se T'Challa estivesse escondendo tesouros. Era um lugar despretensioso para um príncipe, mas se alguém olhasse mais de perto, uma mistura maravilhosa de natureza e tecnologia seria revelada. O chão era de juncos de bambu trançados e cobertos por tecidos macios. Aquarelas vívidas representavam cenas da paisagem de Wakanda. Um monitor de tela plana – em que T'Challa assistia a filmes dos Estados Unidos quando tinha chance – ocupava a maior parte de uma parede. Madeira marrom esculpida em formas intrincadas compunha a mobília. A beleza e o artesanato de Wakanda se refletiam em cada objeto – desde simples facas e garfos até cestas de palha que continham frutas frescas.

– Então, o que você quer fazer hoje? – perguntou M'Baku.

– Eu tenho que passar um tempo na Academia – respondeu T'Challa. – Papai diz que sou um bom exemplo para os alunos, então ele quer que eu apareça por lá pelo menos três vezes por semana.

M'Baku deu um risinho.

– Tenho certeza de que eles preferem correr em motos flutuantes a ouvir você falar sobre ser um príncipe.

T'Challa lançou ao amigo um sorriso irônico. Ele estava acostumado com as farpas de M'Baku e não se ofendeu nem um pouco.

– Bem, é importante que eles também aprendam algo sobre Wakanda e sua história, certo?

M'Baku deu de ombros.

Os alunos da Academia de Jovens Líderes, mais conhecida como AJL, eram os melhores e mais brilhantes que Wakanda tinha a oferecer. Em poucos anos, eles estariam se candidatando a cargos no governo como assistentes, na esperança de um dia conseguir um emprego importante no gabinete de Wakanda. T'Challa estava feliz por ser um mentor para eles.

– Bem – M'Baku disse –, o Festival dos Ancestrais está chegando em alguns dias. Isso deve lhe dar uma folga. Wakanda vai estar toda em festa!

T'Challa mordeu o lábio. Ele quase havia se esquecido do feriado de Wakanda, o que o fez se sentir um pouco culpado. Era um dia de comemoração e lembrança, uma homenagem aos nobres ancestrais de Wakanda, que terminava com uma exibição cerimonial em homenagem a Bashenga, o primeiro Pantera Negra.

Wakanda inteira estava esperando esse dia.

Mas nem todos pelos mesmos motivos.

CAPÍTULO DOIS

T'Challa e sua família viviam no Palácio Real em Birnin Zana, capital de Wakanda. O edifício privado era um amplo complexo com quartos para a família real e seus conselheiros próximos. Essa era a sede do poder e onde o pai de T'Challa, T'Chaka, o governante Pantera Negra e Rei de Wakanda, liderava as reuniões do conselho tribal e ouvia as preocupações das outras tribos wakandanas. Sua força de segurança, a Dora Milaje – um grupo de ferozes guerreiras treinadas em armas e artes marciais –, vigiava de perto as idas e vindas vinte e quatro horas por dia.

T'Challa sempre se sentiu um pouco sufocado no palácio, como se não pudesse ser ele mesmo. Os salões eram quietos e solenes, e os pisos de ônix preto altamente polidos davam uma sensação de poder a quem caminhava por eles. A segurança estava em toda parte. T'Challa sentia como se não pudesse nem mesmo ir à cozinha para um lanche no meio da noite sem uma comitiva em seus calcanhares.

Mas estamos em casa, ele havia reclamado com a madrasta, Rainha Ramonda, várias vezes. *Achei que estaríamos seguros pelo menos aqui, sem segurança nos seguindo.*

Às vezes há ameaças até de dentro, T'Challa, ela disse.

T'Challa levou a sério as palavras da madrasta. Ela era uma mulher sábia e a única mãe que ele havia conhecido. Sua mãe biológica, N'Yami, morreu trazendo-o ao mundo. Ele pensava nela com frequência e se perguntava como teria sido sua vida se ela tivesse sobrevivido ao parto. Então, novamente, ele disse a si mesmo que Ramonda era a melhor mãe que uma criança poderia esperar: forte de coração e mente, e uma feroz protetora de seus filhos e de sua nação, incluindo a irmã mais nova de T'Challa, Shuri, filha da Rainha Ramonda e de seu pai, T'Chaka.

T'Challa pensou no comentário sobre o pai ter inimigos. Quem em Wakanda ia querer prejudicá-lo? A vida na capital era pacífica, e as pessoas tinham todo o conforto que poderiam desejar.

Após completar 13 anos, T'Challa sentiu que precisava do próprio espaço e decidiu fazer algo a respeito. Mas não foi tão fácil quanto ele imaginou. Demorou um pouco para convencer o pai a finalmente permitir que ele se mudasse para uma área do palácio mais distante do resto da família. Era apenas uma curta distância, mas para T'Challa parecia ser de mil quilômetros, e deu a ele o pouco de liberdade que desejava.

Claro, sua irmã mais nova, Shuri, achou isso injusto e também fez campanha pelo próprio lugar, mas o pai e a Rainha Ramonda não cederam. *Talvez em alguns anos*, eles disseram. Shuri ficou de mau-humor por dias e fuzilava T'Challa com os olhos toda vez que o via.

T'Challa se despediu de M'Baku e foi para a AJL. Sua sempre presente força de segurança, a Guarda Real, vigiava enquanto ele caminhava. Normalmente, as Dora Milaje acompanhavam os membros da família real em todos os lugares, mas T'Challa argumentou que não poderia ser ele mesmo com as guerreiras o rondando o tempo todo. Às vezes ele pensava que seus olhares ferozes e seu comportamento sensato mantinham os wakandanos comuns à distância, e, mais do que tudo, ele queria ser tratado como "um deles", mesmo sabendo que isso estava longe da verdade. Como um meio-termo, sua proteção foi dividida entre a Dora Milaje e a

Guarda Real – um tanto mais sóbria, mas igualmente perigosa –, devotos leais que serviram à família por gerações.

Era mais um dia sufocante em Wakanda, e as ruas transbordavam de vendedores, músicos e pedestres. Embora a capital fosse um testemunho do *design* futurista, as pedras de toque da cultura africana tradicional estavam por toda parte – desde as roupas coloridas e os cocares até os mercados de alimentos ao ar livre. Mas misturadas à paisagem estavam maravilhas tecnológicas que fariam inveja aos engenheiros e arquitetos americanos: trens maglev de alta velocidade, veículos autônomos, lojas com vitrines holográficas e muito mais. T'Challa sempre se perguntava como seria se os amigos Zeke e Sheila vissem seu lar. Então, novamente, percebeu que era uma oportunidade que eles provavelmente nunca teriam.

T'Challa entrou no prédio que abrigava a AJL e olhou para o céu. Raios oblíquos de luz do sol entravam por um enorme teto de vidro sustentado por vigas de vibranium, banhando todo o lugar com um brilho dourado. Ele fez uma pausa para apreciar a grande vista. Foi espetacular.

Depois de um momento, ele encontrou a sala de aula e parou em frente à porta fechada. Um de seus seguranças bateu uma vez e entrou. T'Challa odiava essa parte. Sua "Equipe Avançada" – como seu pai chamava a Guarda Real – tinha que abrir caminho antes que T'Challa aparecesse na frente de um grupo não verificado. *Mas eles são apenas crianças da minha idade*, T'Challa pensou. *O que eu poderia temer deles?*

T'Challa ouviu murmúrios através da porta fechada. O guarda saiu, deu-lhe um aceno de cabeça e, então, segurou a porta para ele entrar. A classe imediatamente ficou em posição de sentido em meio a uma confusão de sapatos no chão. O professor Silumko, um homem alto com uma careca brilhante, deu um breve aceno de cabeça.

– Obrigado por ter vindo, príncipe T'Challa. Estamos honrados em tê-lo como nosso convidado.

T'Challa engoliu em seco e acenou para os alunos em um gesto amigável. Um mar de rostos inexpressivos o encarava. Ele se sentiu constrangido, como se o mundo inteiro o estivesse estudando. Enfiou as mãos nos bolsos, como se isso fosse ajudar.

– Estávamos discutindo o lugar de Wakanda no mundo moderno – disse o professor Silumko a T'Challa, enquanto a classe mais uma vez se sentava – e como devemos sempre continuar a evoluir.

T'Challa ficou tenso. Deveria dizer alguma coisa? Dar uma palestra sem ter se planejado? Ele mudou de posição.

– Mas e os costumes de nossos ancestrais? – um menino gritou. – Eles não tinham vibranium naquela época, mas ainda eram capazes de construir uma sociedade e prosperar.

Alguns outros alunos concordaram com a cabeça. O professor Silumko apertou a caneta que segurava em seu punho fechado.

– Obrigado pelo comentário, Tafari. Nesta aula, como você bem sabe, é costume levantar a mão ao fazer uma pergunta.

Tafari revirou os olhos e afundou na cadeira.

T'Challa o estudou. Ele tinha uma aparência curiosa de coruja, tornada ainda mais distinta por seus óculos de armação de arame. Tinha mais ou menos a idade de T'Challa, mas era menor e mais magro e usava roupas muito simples – um dashiki com padrões ousados de vermelho e verde, e um colar de pedras com miçangas que formavam uma figura oval em volta do pescoço.

– Meu príncipe – disse o professor Silumko, virando-se para T'Challa –, você se importaria de comentar a observação de Tafari? O que você pode nos dizer sobre a fundação de nosso país antes da descoberta do vibranium?

T'Challa juntou os dedos na frente do peito no que ele pensou ser uma pose acadêmica. Ele ficou tenso. *Eu tenho que superar esse medo de falar em público. Vou ter que liderar um dia. E não posso fazer isso sem falar!*

– Bem – ele começou –, nossos ancestrais eram um povo muito forte. Eles realizaram muito como sociedade antes que o vibranium se tornasse nosso recurso mais valioso.

Tafari levantou a mão – a contragosto, pareceu a T'Challa.

– Sim, Tafari? – o professor Silumko perguntou, cansado.

– Certo – disse Tafari. – E éramos uma nação melhor *antes* do vibranium. Agora temos tudo o que poderíamos imaginar. Mas perdemos a coisa mais importante.

– E o que seria? – perguntou o professor Silumko.

Tafari levantou-se de seu assento.

– Nossa conexão com o passado.

A sala ficou em silêncio. T'Challa engoliu em seco. Ele ficou intrigado com o comentário de Tafari. Wakanda tinha tudo o que se poderia esperar de uma sociedade: riqueza, paz, prosperidade. Mas o que tudo isso significava? O que isso acrescentou? O professor Silumko soltou um suspiro difícil.

– Nossa história é importante, Tafari, mas o progresso também é. Sem ele, você não estaria aqui, agora, nesta mesma escola, com os melhores professores do país.

– Mas e os nossos vizinhos? – uma jovem perguntou, levantando a mão ao mesmo tempo que falava. – Não deveríamos ser mais generosos com nossos recursos? Há nações pobres ao nosso redor, mas temos uma abundância do precioso vibranium enquanto o mundo à nossa volta sofre.

Acenos de concordância ao redor.

T'Challa engoliu em seco. Ele não estava preparado para esse tipo de debate hoje. Só queria fazer uma aparição rápida e passar o resto do dia tranquilo. Parecia que os alunos tinham outras coisas em mente.

O professor Silumko começou a caminhar pelo corredor e parou na frente da aluna que fez a pergunta, uma garota com trancinhas apertadas e uma joia na narina esquerda.

– Há muitas coisas que Wakanda faz que passam despercebidas pelo nosso povo, Aya. Temos programas que ajudam nossos vizinhos mais pacíficos: alimentos, agricultura, recursos educacionais.

– Mas *não* nossa tecnologia – Aya rebateu. – Nosso vibranium.

– Verdade – disse o professor Silumko. – É isso que nos diferencia. Devemos sempre manter nossa vantagem.

T'Challa relembrou conversas que teve com seu pai muito parecidas com essa. O rei disse a ele que ser o único país com abundância de vibranium trazia uma grande responsabilidade. Se eles compartilhassem seu metal precioso muito amplamente, uma nação menos estável poderia usá-lo para fins nefastos, e isso era algo que o rei de Wakanda não permitiria.

– Faltam poucos dias para o Festival dos Ancestrais – disse o professor Silumko, voltando a ficar na frente da turma. – Não há melhor representação da força wakandana e de nossa rica história.

Tafari balançou a cabeça no que T'Challa pensou ser frustração.

– O Festival dos Ancestrais é uma exibição vazia destinada a celebrar nossa cultura, mas nossa verdadeira história se perdeu no tempo.

T'Challa sentiu uma forte tensão na sala, como uma nuvem de tempestade prestes a explodir. Professor Silumko exalou audivelmente.

– Não é verdade – disse outra garota. – Todos nós conhecemos a história de Bashenga. Ele foi o primeiro Pantera Negra e Rei de Wakanda.

– Ele era um xamã guerreiro – acrescentou outro menino, com um tom de orgulho na voz. – Um místico. O líder do Culto Pantera.

– Verdade – disse Tafari, e um sorriso de repente se formou em seu rosto. – Abençoado pela própria Bast todo-poderosa.

T'Challa olhou para Tafari com curiosidade. Ele detectou sarcasmo em sua voz e se perguntou o que isso significava.

O professor Silumko parecia derrotado. Sua testa franziu. Ele se virou para T'Challa.

– Obrigado, meu príncipe, por nos visitar hoje. É uma grande honra.

T'Challa ficou surpreso com o rápido final do debate. Ele deu um sorriso fraco. A sala estava silenciosa.

– Obrigado, professor. O prazer é meu.

Ao sair da sala, sentiu os olhos de Tafari em suas costas.

CAPÍTULO TRÊS

Os preparativos para o Festival dos Ancestrais estavam em andamento na capital. As festividades aconteceriam perto do Grande Monte, onde, todos os dias, os trabalhadores garimpavam ricos veios de vibranium. Máquinas e drones faziam a maior parte do trabalho pesado, mas alguns cidadãos wakandanos ainda realizavam tarefas práticas, como vasculhar os escombros da rocha detonada para chegar aos depósitos menores.

T'Challa observou a vista enquanto caminhava pelas ruas, com seus guardas alguns metros atrás dele. Realmente não gostava de ter que ser seguido em todos os lugares. Isso o fazia se sentir privilegiado demais, e às vezes ele se perguntava o que os wakandanos comuns realmente pensavam dele. Eles achavam que era mimado e privilegiado? Um esnobe? Tafari certamente parecia pensar assim, embora não tivesse falado diretamente. Ele não parecia ser um fã da família real, de qualquer forma.

T'Challa tentou entender o que Tafari queria dizer. Ele realmente acreditava que Wakanda estaria melhor sem vibranium? Como seria a vida de T'Challa sem o recurso sobrenatural que deu tanto poder à nação?

Seus pensamentos foram interrompidos pelo extremo esplendor que havia ao seu redor. Não era sempre que ele estava fora de casa, especialmente devido ao seu papel no reino, e levou alguns momentos para realmente mergulhar na beleza da cidade. O cheiro de comida subia no ar, cortesia dos muitos vendedores que faziam seu comércio. Em qualquer dia, era possível experimentar todas as iguarias que a nação tinha a oferecer – de carnes assadas e doces deliciosos a vegetais que o mundo todo pensava que já não existiam. Os especialistas em culturas agrícolas de Wakanda trouxeram de volta os alimentos de seus ancestrais por meio de sementes e mudas de herança, oferecendo uma abundância de delícias culinárias para uma nova geração.

T'Challa continuou a caminhar, apreciando a vista e aproveitando o ar fresco. Há muito tempo, Wakanda desistiu de combustíveis fósseis e poluentes. Vibranium era o recurso que movia a nação. Ele olhou para cima quando um drone voou silenciosamente acima dele. Isso o lembrou de quando era criança e seu pai o levou para um passeio no caça Garra Real – a aeronave pessoal do rei. T'Challa ficou emocionado e extasiado com toda a tecnologia a bordo. Havia armas, é claro, e cargas de arsenal mortal, mas também havia as superfícies pretas foscas, o forte cheiro do motor, os mostradores e ponteiros que chamaram a atenção quando a nave movida a vibranium roncou para decolar. A vista acima de dez quilômetros foi uma experiência que ele nunca esqueceria.

Um grupo de alunos passou em bicicletas flutuantes, levando um dos guardas de T'Challa a começar um discurso sobre "as crianças de hoje". T'Challa teve que rir. Alguns anos atrás, ele era uma dessas "crianças". Agora, aos treze anos, tinha mais responsabilidades, embora ainda desejasse correr descalço por uma floresta enluarada ou pegar um peixe e assá-lo ao ar livre para o jantar. Quer ele gostasse, quer não, estava se tornando o homem que seu pai o criou para ser: o futuro Rei de Wakanda.

T'Challa diminuiu a velocidade enquanto seus guardas vieram para flanqueá-lo. Havia pessoas se aproximando.

Ele viu que era outra comitiva, então a pessoa que escondiam tinha que ser alguém de sua própria família ou um dos conselheiros próximos de seu pai. Um momento depois, ele viu quem era.

– Ei, irmãozão! – sua irmã, Shuri, chamou.

T'Challa sorriu e a cumprimentou enquanto se aproximavam.

Shuri era jovem, mas já havia provado ser um trunfo para Wakanda. Ela era um prodígio quando se tratava de ciências e matemática e até contribuiu com várias ideias para os cientistas nos laboratórios de engenharia.

– O que você está fazendo? – ela perguntou.

– Apenas "tomando ar", como diz o pai.

Shuri sorriu e fez uma cara severa, que deveria ser uma imitação de seu pai. Um de seus guardas lançou um olhar de desaprovação. Shuri mostrou a língua para ele.

– Pronto para o grande festival? – Shuri perguntou.

– Acho que sim – respondeu T'Challa.

– Eu estava pensando em ir como Bast – Shuri disse. – Pedi a alguns dos engenheiros do grupo de *design* que criassem uma fantasia de pantera. Ela até tem olhos azuis brilhantes!

T'Challa estremeceu. Ele não tinha certeza do que pensar de sua irmã se vestir como a deusa da Tribo da Pantera. Claro, o traje de seu pai e o dele foram modelados na aparência de Bast, mas Shuri tinha bastante imaginação e poderia querer adicionar seus próprios toques criativos. Como olhos azuis brilhantes.

Olhos azuis.

Uma visão rápida de um túnel escuro e olhos azuis brilhantes cortando a escuridão passou pela mente de T'Challa. A memória ainda estava fresca.

Corra, jovem Pantera. Corra.

Ele se lembrou de quando visitou seus amigos Zeke e Sheila no Alabama. Os primeiros dias foram ótimos, e ele aprendeu tudo sobre o sul dos Estados Unidos: sua comida, seu povo e seus costumes. Teve até alguns momentos de reflexão em que questionou a riqueza e o poder de Wakanda em comparação com algumas das partes mais pobres daquele país. Em poucos dias, porém, a agradável viagem se transformou em um verdadeiro pesadelo.

T'Challa e seus amigos descobriram que um dos antigos adversários de seu pai, o reverendo Doutor Michael Ibn al-Hajj Achebe, também conhecido como Bob, estava causando estragos em uma pequena cidade do Alabama e planejando um sequestro em massa por meio de hipnose e medo. Nos eventos que se desenrolaram, T'Challa se viu em algum tipo de submundo, onde enfrentou uma criatura chamada Chthon, apenas para ser salvo pelo que ele pensava ser a própria Bast.

Corra, jovem Pantera. Corra.

A experiência o abalou profundamente.

– Ei – disse Shuri, puxando o braço do irmão mais velho. – Você está ouvindo? Wakanda para T'Challa!

T'Challa voltou ao presente.

– Vamos – Shuri o pressionou, agarrando sua mão. – Eu quero lhe mostrar algo.

– O que foi, Shuri? Eu realmente não tenho tempo para...

Mas ele foi arrastado antes que tivesse a chance de terminar.

Shuri conduziu T'Challa pelas ruas movimentadas e barulhentas, seus guardas a uma curta distância atrás deles. Enquanto caminhavam, vários wakandanos colocavam a mão no coração em saudação ou levantavam e cruzavam os braços sobre o peito. T'Challa acenou com a cabeça e retribuiu os sorrisos e votos de boa sorte. Ele se virou para Shuri.

– Aonde você está me levando, irmãzinha?

– Quase lá – Shuri insistiu. Ela se virou para encará-lo. – E não me chame de irmãzinha!

T'Challa sorriu. Ele não teve escolha a não ser segui-la. Quando Shuri tinha uma missão, ela se concentrava nisso como um *laser*. Os guardas de segurança de T'Challa verificavam seus relógios meticulosamente, como se o garoto estivesse com algum tipo de cronograma rigoroso, embora não fosse o caso.

Finalmente, depois de vários minutos, Shuri o conduziu a um lugar que ele conhecia muito bem. Chamava-se Oasis e era um de seus lugares favoritos para passar um tempo sozinho. Ele amava os juncos silvestres, as borboletas e os beija-flores que ali viviam. No verão, a brisa era perfumada com jasmim e lavanda. As libélulas pairavam sobre a água, suas asas multicoloridas refletindo a luz do sol como vitrais.

Eles pararam. T'Challa enxugou a testa.

– E agora? – ele perguntou, olhando ao redor. – Por que você me trouxe aqui?

Shuri apenas sorriu e se afastou do irmão. Ela olhou para um ponto distante, cheio de plantas, juncos altos e arbustos floridos.

– Ok – ela chamou. – Você pode sair agora.

T'Challa literalmente coçou a cabeça em confusão.

Galhos baixos de árvores se separaram, e duas pessoas saíram. A respiração de T'Challa ficou presa na garganta.

– Zeke? Sheila? O que diabos vocês estão fazendo aqui?

CAPÍTULO QUATRO

T'Challa ficou parado. Chocado.

Eles não poderiam realmente estar aqui, poderiam? Como?

Antes que ele tivesse a chance de dizer qualquer coisa, um de seus guardas tocou em uma conta de sua pulseira Kimoyo.

– Aqui é Leopardo Um para a Base. Buscando informações sobre dois…

– Eu já resolvi com meu pai – Shuri disse, interrompendo-o. – Você sabe… seu rei?

O guarda pareceu encolher onde estava. Ele tocou na conta novamente.

– Ignore.

Sheila e Zeke deram um passo à frente, e todos trocaram abraços rápidos. A cabeça de T'Challa estava girando.

– Como vocês estão aqui? Quem autorizou isso? Vocês não podem simplesmente… passar pelos portões de Wakanda!

– Na verdade, nós voamos – disse Zeke. – Foi ideia de Shuri.

T'Challa se virou para a irmã, seu rosto ainda como uma máscara de confusão.

– Sim, devo admitir – disse Shuri, como se confessasse um crime.
– Tenho te observado, irmãozão, quando você pensa que está sozinho.

T'Challa levantou uma sobrancelha questionadora. Zeke riu.

– *O quê?* – T'Challa perguntou. – Do que você está falando?

Shuri retrucou.

– Quero dizer, eu vejo a pressão que você está sofrendo… como o pai está sempre lhe dando lições sobre como governar. Eu sabia que você precisava de uma pausa de seus deveres principescos.

Ela fez uma reverência exagerada, o que só fez T'Challa se sentir mais envergonhado na frente de seus amigos.

Ele engoliu. Sua irmã com certeza era perspicaz. Ultimamente, seu pai vinha falando com ele cada vez mais sobre as responsabilidades que um dia recairiam sobre seus ombros. O rei pensava que estava ajudando o filho a se preparar para o dia em que isso se tornaria realidade. Na verdade, isso só fazia T'Challa se sentir inseguro.

Ele pôs a mão no ombro da irmã.

– Obrigado, Shuri. Isso realmente significa muito.

– Certo – disse Shuri. – Você pode me pagar depois.

T'Challa revirou os olhos.

Um súbito estrondo vindo do alto fez com que todos olhassem para cima. Os olhos de Zeke se arregalaram quando uma aeronave de alta tecnologia passou pelas nuvens.

– Este lugar… este lugar é como… o paraíso nerd!

T'Challa riu, enquanto seus guardas ficaram tensos e alertas como se, de alguma forma, Zeke e Sheila fossem espiões prontos para roubar segredos de estado. Era uma coisa rara ver forasteiros em sua secreta nação africana.

– Essa é uma maneira de dizer – disse Sheila.

T'Challa e Shuri levaram Zeke e Sheila ao palácio. A todo momento, seus amigos paravam e ficavam olhando maravilhados a paisagem e tudo que ela continha.

– É o que eu pensei que seria – disse Zeke –, mas também diferente. Se é que isso faz sentido.

– Eu sei o que você quer dizer – Sheila acrescentou. – É... incrível.

Um sino soou alto no ar, fazendo todos virarem a cabeça. T'Challa viu Zeke e Sheila olhando e seguiu seu olhar. Um pastor vestido com roupas simples havia parado o trânsito para permitir que seu rebanho de ovelhas atravessasse a rua. Uma imagem de uma tela de notícias pairava no ar saindo de seu pulso, cortesia de uma pulseira Kimoyo, um acessório que cada wakandano possuía.

– Agora eu já vi de tudo – disse Zeke.

– Meio que um choque cultural, hein? – Shuri declarou.

– Mas parece certo – disse Sheila. – Tipo, é assim que deveria ser.

– Há muito mais para ver – T'Challa prometeu a eles.

Pouco tempo depois, estavam todos no quarto de T'Challa, onde se sentaram em almofadas e cadeiras. Zeke e Sheila pareciam mortos de cansaço, mas seus olhos estavam cheios de admiração. Uma das contas da pulseira Kimoyo de T'Challa pulsava em vermelho. Ele a tocou, e uma imagem do rosto de seu pai apareceu em um holograma 3D.

– T'Challa – Rei T'Chaka começou. – Acho que Shuri mostrou a você a surpresa?

– Pai! – T'Challa arfou. – Isso é inacreditável! Como planejou tudo sem que eu descobrisse?

T'Chaka deu ao filho um sorriso raro.

– Bem, eu *sou* o rei.

T'Challa queria se beliscar, mas sabia que estava realmente acontecendo: seus dois melhores amigos – amigos que estiveram com ele nos bons e maus momentos – estavam sentados em seu quarto, a milhares de quilômetros de suas casas.

– Shuri nunca desistiu de seu plano de trazê-los aqui – disse o Rei T'Chaka. – Você sabe o quanto ela pode ser... persuasiva.

Um sorriso malicioso iluminou o rosto de Shuri.

– Não diga que nunca fiz nada por você, irmãozão.

– Agora, existem limitações – o Rei T'Chaka os avisou, seu rosto subitamente severo. – Seus amigos são convidados, mas devem permanecer com você e Shuri o tempo todo. Desculpe, T'Challa. É assim que tem que ser. Eu tive que convencer meus conselheiros a autorizar essa visita, então quero todos vocês em seu melhor comportamento. Permaneçam perto de casa e não fiquem vagando sem supervisão. Entendido?

– Sim, pai – T'Challa respondeu.

O rosto de Zeke estava congelado enquanto olhava para o Rei de Wakanda.

– Obrigado... oh poderoso rei – ele conseguiu deixar escapar.

Sheila fechou os olhos de vergonha. Shuri riu.

Então Sheila se voltou para o holograma.

– Enkosi – ela disse, mergulhando a cabeça.

O Rei T'Chaka sorriu.

– Wamkelekile, Sheila. Tenho certeza de que você ficará fluente em xhosa em pouco tempo.

O holograma piscou.

Sheila virou-se para Zeke.

– Significa "obrigada" – ela disse, antecipando a pergunta de Zeke.

– Ótima maneira de causar boa impressão – disse Shuri. – Papai aprecia trabalho duro e educação.

– Eu só queria aprender algumas palavras básicas antes de virmos – respondeu Sheila.

Uma batida suave na porta chamou a atenção deles.

– Entre – T'Challa chamou.

A porta se abriu e M'Baku entrou. Ele olhou para Zeke e depois para Sheila.

Então fez uma pausa.

– O que vocês dois nerds estão fazendo aqui?

Zeke e Sheila receberam pequenos apartamentos no palácio, perto de T'Challa. Como eram amigos do príncipe, qualquer coisa que quisessem estava a apenas um telefonema de distância. Um guarda ficava do lado de fora da porta o tempo todo, algo com que, T'Challa lhes disse, eles teriam que se acostumar.

– Este é... – Sheila começou, enquanto T'Challa mostrava a eles seus dois quartos – o apartamento mais legal que eu já vi.

– Tem tudo de que você precisa – disse T'Challa – e algumas outras coisas também.

Zeke e Sheila observaram a sala, os olhos ainda arregalados por terem conhecido o Rei T'Chaka. Havia uma tela de TV transparente, um piso que mudava de frio para quente dependendo da temperatura das solas dos pés e painéis de parede que você podia deslizar como um tablet para encontrar o cenário perfeito.

– É como papel de parede de laptop – exclamou Zeke – para a sua parede!

T'Challa mostrou a eles um pequeno disco preto, com cerca de dez centímetros de diâmetro, que continha controles para tudo, desde abrir e fechar persianas até ligar o sistema de som. As camas eram cápsulas ergonômicas, construídas para uma noite de sono perfeita. Quando T'Challa terminou de mostrar o ambiente a seus amigos, eles ficaram pasmos.

– Imagine quanto custaria um lugar como este nos Estados Unidos – disse Zeke.

Sheila bufou.

– Não acho que essa comparação seja possível. Para início de conversa, nossa tecnologia mais recente ainda está anos-luz atrás da wakandana.

Zeke olhou para um pequeno botão preto sobre a cama.

– O que isso faz? – ele perguntou, estendendo a mão com dedos curiosos.

– Não toque nisso! – T'Challa gritou.

Zeke rapidamente afastou a mão, como se estivesse prestes a tocar um fogão quente.

T'Challa suspirou aliviado.

– Caramba, Zeke! – Sheila sussurrou. – Você não pode sair por aí tocando em coisas que não entende!

Zeke abaixou a cabeça como uma tartaruga voltando para o casco.

– É um sistema de segurança – explicou T'Challa. – Se você tivesse pressionado aquele botão, a parte externa deste prédio teria sido imediatamente protegida por um campo de força vibranium. A Dora Milaje estaria aqui em segundos.

– Dora o quê? – Zeke perguntou.

Depois que T'Challa explicou a força de segurança do rei, Sheila disse:

– Poderíamos ter algumas mulheres assim nos Estados Unidos. – Ela olhou de soslaio para Zeke. – Para quando os homens agirem como tolos.

– Vou ver se consigo uma audiência com elas – T'Challa brincou.

Zeke abafou um bocejo com a mão.

– Desculpe. Estou exausto.

– Eu também – disse Sheila.

– Descansem um pouco – T'Challa disse a eles. – Amanhã vou fazer um tour com vocês.

– Sim – Zeke disse, bocejando. – Parece legal. Mal posso esperar.

Alguns minutos depois, ele adormeceu na cadeira.

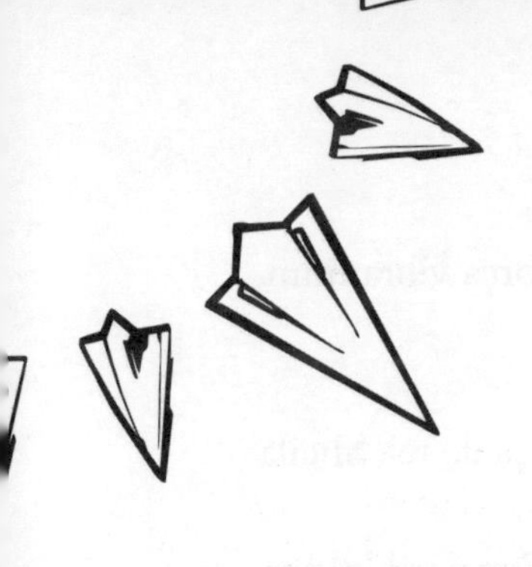

CAPÍTULO CINCO

No primeiro dia completo de Zeke e Sheila em Wakanda, T'Challa os levou para explorar a cidade. Infelizmente, o pedido de Sheila para ver os laboratórios de ciências foi negado.

– Está na lista proibida do meu pai – T'Challa disse a ela.

Sheila estava cabisbaixa.

– Eu entendo. Só pensei em pelo menos tentar.

Eles também não foram autorizados a entrar na sala do trono, para grande desgosto de Zeke.

– Queria ver o Trono da Pantera – disse ele, fazendo beicinho.

– Não é realmente um trono – T'Challa disse a ele. – É mais como… bem, acho que também não posso lhe dizer isso!

Zeke suspirou.

– E a comida? – Zeke disse com entusiasmo renovado. – Você precisa me mostrar um pouco da culinária wakandana!

T'Challa riu. Zeke era magro como uma estaca, e ele sempre se perguntava para onde ia toda a comida que o amigo comia.

– Não é como no Alabama – T'Challa disse a ele. – A comida é diferente aqui, mas é boa quando você pega o jeito. E, de um modo geral, os wakandanos não comem tanto quanto os estadunidenses.

– Estou pronto para qualquer coisa – disse Zeke. – Meu estômago está roncando!

– Eu conheço o local perfeito – disse T'Challa.

Pouco tempo depois, T'Challa os conduziu por uma rua densamente movimentada e repleta de atividades. Músicos de rua com tambores e kalimbas tocavam ao lado de crianças envolvidas em um jogo holográfico em 3D. As peças flutuavam no ar enquanto as pessoas se provocavam e se gabavam. Uma tela flutuante ao lado deles mostrava seus movimentos estratégicos. Zeke e Sheila não conseguiam parar de olhar.

– O que eles estão fazendo? – Sheila perguntou.

– Chama-se Kharbaga – disse T'Challa. – Mais ou menos como damas. As pessoas mais velhas gostam de usar o tabuleiro e as peças tradicionais, mas a galera da nossa idade gosta de jogar em 3D virtual.

– Legal – Zeke sussurrou.

Sheila saltou para o lado quando uma garota com cabelo afro rosa passou em cima do que parecia ser um skate.

– O que...? – ela começou.

– Cara... – Zeke disse, virando-se e tentando olhar mais de perto. – Está flutuando. Quero dizer, está levitando! Como diabos...?

– É a tecnologia maglev – explicou T'Challa. – A cidade inteira tem tecnologia magnética funcionando no subsolo.

– Eu preciso de um desses – disse Zeke melancolicamente, enquanto a garota desaparecia na rua.

T'Challa continuou a liderar seus amigos pela cidade. Os wakandanos olhavam duas vezes sempre que eles passavam e sussurravam um para o outro de forma conspiratória. O príncipe não só estava passeando, mas também tinha dois amigos com ele, e, de acordo com suas roupas, eles *não* eram de Wakanda. Logo depois, começaram a circular rumores de que eles eram membros de uma poderosa família americana ou, segundo alguns, jovens gênios do exterior. Independentemente do motivo, Zeke e Sheila chamavam a atenção por onde passavam.

T'Challa ainda estava um pouco chocado por seus amigos estarem com ele em seu país.

– Digam-me novamente como vocês chegaram aqui.

– Bem, nos disseram para irmos ao aeroporto O'Hare – disse Zeke. – Assim que chegamos lá, um homem – de seu pessoal, suponho – apareceu e nos levou a um grande hangar de aviões no meio do nada.

– E dentro daquele hangar havia um avião – acrescentou Sheila. – Foi ele que nos trouxe aqui.

– E seus pais? – T'Challa perguntou. – Onde eles pensam que vocês estão?

– Essa foi a parte engraçada – disse Zeke.

– De alguma forma – Sheila começou –, seu pai – ou quem quer que estivesse organizando nossa visita – fez com que parecesse uma espécie de programa de intercâmbio estudantil com todas as despesas pagas.

– Como quando você e M'Baku vieram para Chicago – acrescentou Zeke.

– Não temos ideia de como eles fizeram isso – acrescentou Sheila –, mas nossos pais concordaram.

T'Challa balançou a cabeça com espanto.

– Como vocês mantiveram isso em segredo com nossas videochamadas toda semana?

Sheila sorriu.

– Zeke quase deixou escapar várias vezes. Eu tinha que mantê-lo sob controle.

– Não sou muito bom com segredos – confessou Zeke.

T'Challa lançou um olhar de soslaio.

Zeke de repente murchou.

– Quero dizer, eu nunca disse nada sobre Wakanda para ninguém no entanto.

– Mas tenho certeza de que ele gostaria de se gabar para *alguém* – disse Sheila – se pudesse.

– Não me gabaria – Zeke rebateu.

– Ah, e como se gabaria – disse Sheila.

– Pessoal – T'Challa os repreendeu. – É aqui.

A fachada de tijolos vermelhos diante deles estava coberta por um mural de uma figura humana com cabeça de pantera em pé entre altos juncos verdes. Uma porta sem identificação era a única entrada. T'Challa olhou de volta para seus guardas.

– Não vamos demorar muito – disse ele, ao que um dos guardas assentiu.

Zeke fungou o ar.

– Algo cheira bem!

Sheila mexeu o nariz também.

– Tem um cheiro... sedutor.

T'Challa não respondeu, mas abriu a porta.

– Uau! – Zeke sussurrou.

O espaço era um longo retângulo com iluminação embutida no teto, lançando tons de vermelho e verde. Três grandes mesas de laje de pedra ocupavam uma parede. De um lado, uma cozinha aberta revelava chefs trabalhando arduamente sobre chamas acesas. O cheiro era incrível.

– Príncipe! – uma voz gritou.

Um segundo depois, uma jovem saiu correndo da cozinha e cumprimentou T'Challa e seus amigos.

– Gloria, estes são Zeke e Sheila – disse T'Challa. – Dois amigos de... bom... eles são apenas amigos. Eles queriam experimentar a culinária local, e como você é a melhor chef da cidade, pensei em trazê-los para cá.

Gloria não parecia muito mais velha que T'Challa. Ela usava o cabelo curto, e seu sorriso era tão brilhante quanto os anéis que cintilavam em seus dedos. Tênis rosa podiam ser vistos abaixo do avental de chef, que mostrava a imagem de um gato com bigodes extremamente longos. Ela voltou seu olhar para Zeke e Sheila e os estudou por um momento, como se tentasse entendê-los.

– Bem – ela finalmente disse –, você os trouxe para o lugar certo. Qualquer amigo do nosso príncipe é nosso amigo. Sentem-se, eu vou trazer algumas bebidas.

Depois de serem conduzidos a uma mesa, Zeke e Sheila ocuparam seus lugares.

– Então – Zeke perguntou –, isso é algum tipo de restaurante particular?

– Não é exatamente particular – respondeu T'Challa. – Mas é... exclusivo.

Um homem com longos dreadlocks trouxe uma bandeja de bebidas e colocou-a sobre a mesa. Ele fez um rápido gesto com a mão no coração para T'Challa e desapareceu de volta para as cozinhas. T'Challa pegou um dos copos gelados, cheio até a borda com um líquido espesso e escuro.

– Que tipo de bebida é? – Zeke perguntou.

– Experimente – T'Challa sugeriu.

Zeke e Sheila pegaram seus copos. Sheila deu um longo gole.

– Aaaah – ela disse. – Refrescante.

Zeke fez o mesmo e soltou um pequeno arroto.

– Opa! – ele disse, e imediatamente cobriu a boca. – Tem um gosto familiar.

– Kola Kola – disse T'Challa. – De nozes-de-cola.

– Uau – Sheila acrescentou. – Eu não fazia ideia.

– A América tem muitos alimentos e bebidas que se originaram aqui, na África – explicou T'Challa.

Uma melodia rítmica e indutora de transe com batidas percussivas foi transmitida pelos alto-falantes. Sheila balançou a cabeça ao som da música.

– Isto é como uma espécie de boate hipster – disse Zeke, tamborilando com os dedos na mesa de pedra.

– Não que você já tenha entrado em um – observou Sheila.

– Mas já vi muitos videoclipes! – Zeke atirou de volta.

Um minuto depois, a mesa estava cercada por vários funcionários da cozinha oferecendo pequenos pratos e bebidas. Gloria apresentou tudo a eles. Foi um banquete: trufas de Kalahari, sopa doce de inhame, pão sírio quente polvilhado com noz-moscada, grão-de-bico assado no forno, frango apimentado. A sobremesa era algo chamado pudim malva, um bolo doce e esponjoso com notas de baunilha e damasco. Foi tudo regado com mais Kola Kola e chá de arbusto vermelho feito com folhas de rooibos.

Zeke afastou o prato vazio, recostou-se e soltou o ar. Sheila fez o mesmo. Ela era vegetariana e ficou feliz porque a refeição não foi um festival de carnes, como poderia ter sido no sul dos Estados Unidos, onde sua avó morava.

Gloria apareceu e examinou os pratos vazios. Ela cruzou os braços.

– Lamento que vocês não tenham gostado da minha comida.

– Essa – começou Sheila – foi uma das melhores refeições que já comi.

– *A* melhor – Zeke disse.

– Obrigado, Gloria – T'Challa acrescentou. – Foi excelente.

– Qualquer coisa pelo nosso príncipe – respondeu Gloria. Ela olhou para Zeke e Sheila. – Vejo você e seus amigos no festival?

T'Challa congelou. De repente, ele percebeu que ainda não havia contado a eles sobre o festival.

– Sim – disse ele. – Tenho certeza de que eles poderão ir.

– Festival? – disse Zeke. – Que festival? Haverá comida lá?

Sheila pôs a cabeça entre as mãos.

CAPÍTULO SEIS

Nos dias que se seguiram, T'Challa e M'Baku mostraram a Zeke e Sheila toda a cidade – pelo menos os lugares que o rei havia aprovado. Seus amigos ficaram pasmos.

– Wakanda – disse Zeke sem fôlego, olhando para as encostas do Monte Bashenga, um pico imponente que se erguia até as nuvens. – Então é aí que está todo o vibranium, certo?

– Sim – T'Challa sussurrou, fora do alcance da voz de seus guardas.

– Nunca pensei que seria um guia turístico – reclamou M'Baku, mas em um tom amigável.

Anteriormente, M'Baku havia feito uma espécie de pedido de desculpas a Zeke e Sheila por seu comportamento na América. Ele foi rude e agressivo com os dois durante todo o tempo em que esteve em Chicago, chamando-os de "nerds" sempre que tinha chance.

– Fui um idiota – disse ele agora. – Desculpe por isso.

– Você não foi o único a cair no feitiço de Gemini Jones – disse Zeke.

– Eu sei – respondeu M'Baku. – Vocês e T'Challa estavam certos no entanto. Eu deveria ter escutado. Foi infantil da minha parte.

– Todo mundo merece uma segunda chance – destacou Sheila.

– Obrigado, pessoal – disse M'Baku.

T'Challa ouviu sem acrescentar um comentário. Ele estava feliz por os três terem superado o relacionamento constrangedor que tinham tido em Chicago.

– O que está acontecendo em Chicago, afinal? – perguntou M'Baku. – Como está a pizza? Adorei aquela bem recheada.

– A mesma coisa, a mesma coisa – Zeke respondeu. – Fria e cinza.

– A Cidade dos Ventos – disse M'Baku. – Eu me lembro daquele vento. Chamavam-no de "O Falcão".

– Alguns dizem que o nome veio dos políticos que gralhavam demais – explicou Sheila –, e não do vento frio.

– Interessante – T'Challa acrescentou.

– Não como aqui – disse Sheila, enquanto virava o rosto para o sol, desfrutando de uma rara brisa fresca que subitamente os envolveu. – Adoro que vocês têm o melhor da natureza e da vida na cidade em um só lugar.

– Ah – disse T'Challa. – Isso me dá uma ideia.

– O quê? – Zeke e Sheila perguntaram ao mesmo tempo.

– É um segredo – disse T'Challa –, e vocês só vão ter que confiar em mim.

M'Baku deu de ombros.

– Estou dentro.

– Nós também – acrescentou Sheila.

T'Challa olhou os amigos de cima a baixo.

– Apenas uma coisa.

Não houve resposta, apenas rostos ansiosos.

T'Challa sorriu.

– Espero que vocês tenham trazido tênis de caminhada.

Uma hora depois, após uma rápida parada para pegar garrafas de água e alguns outros suprimentos, Zeke e Sheila, juntamente com M'Baku e T'Challa, viram-se em um vale profundo com altos penhascos de pedra branca acima deles.

– Este é o Vale dos Reis – T'Challa disse a eles.

Ele dispensou seus guardas antes de partirem, algo que havia feito apenas algumas vezes antes. Seria repreendido por isso, com certeza, mas a última coisa que queria fazer era explorar Wakanda com os amigos enquanto seus seguranças os acompanhavam.

O sol estava alto, e Zeke e Sheila enxugaram o suor da testa.

– Isso é incrível! – Sheila exclamou.

M'Baku, que conhecia bem a área, estava tirando fotos usando sua pulseira Kimoyo.

– Alguns dizem que este vale é onde Bashenga, o primeiro Pantera Negra, e sua tribo se estabeleceram inicialmente.

Zeke vasculhou o chão como se pudesse encontrar algum tipo de tesouro do passado de Wakanda.

– Ele tinha um nome diferente naquela época – disse T'Challa. – Isto é, se eu me lembro da minha história corretamente. – Ele apontou para os penhascos de cada lado do vale. Os restos de torres e colunas quebradas ainda podiam ser vistos. – Lá em cima, no topo da montanha, alguns dizem que havia uma cidade chamada Bastet, onde a Tribo da Pantera foi formada pela primeira vez.

– *E* que eles poderiam realmente se transformar em panteras – M'Baku adicionou.

Zeke congelou onde estava. Ele olhou para T'Challa.

– Por favor, me diga que isso é verdade – ele pediu.

– Tenho certeza de que é apenas uma história – disse T'Challa. – Passada de gerações atrás. Um mito de origem, como dizem.

– Nunca se sabe – disse Zeke. – Talvez você devesse tentar se transformar em uma quando assumir o trono!

T'Challa deu de ombros. Ele nem gostava de usar frases como *assumir o trono*. Não era tão simples. Ele ainda teria que provar seu valor em combate cerimonial quando chegasse a hora, como seu pai e todos os Panteras Negras antes dele. *Serei considerado digno?* Ele afastou o pensamento.

– É só mais um pouco à frente – T'Challa os incentivou. – Quero mostrar uma coisa a vocês.

Zeke e Sheila ajustaram as mochilas nas costas e seguiram T'Challa e M'Baku.

O chão sob seus pés não era seco, mas verdejante com musgo e flores silvestres. Até o próprio ar era refrescante naquela baixa altitude do vale. Zeke apontou para um bando de gazelas à distância, que pareceram sentir sua presença e então saltitaram para longe.

T'Challa subiu uma pequena colina de rochas.

– Preciso de mais combustível – Zeke exigiu. – O que há para o jantar esta noite?

Mas antes que ele pudesse obter uma resposta, o ar frio de repente acariciou seus rostos, acompanhado por um som sibilante, como vento e chuva misturados.

– O que é? – Sheila perguntou.

Quando fizeram uma curva, a resposta foi revelada.

Torrentes cintilantes de água caíam de uma cachoeira magnífica, tão alta que parecia desaparecer nas nuvens.

– Isso – Sheila começou, esticando o pescoço para cima – é... eu nem tenho palavras.

– Vamos chegar um pouco mais perto – sugeriu M'Baku.

Não havia um caminho exatamente, então eles tiveram que contornar ou escalar grandes pedras de granito. Demorou um pouco para subir, e Zeke ralou os joelhos várias vezes.

– Ninguém disse que isso seria um treino – reclamou.

– Quase lá – disse T'Challa, sentindo um pouco de pena dos amigos. A subida foi uma tarefa fácil para ele, pois estava acostumado a se esforçar, então diminuiu um pouco a velocidade, dando aos amigos a chance de alcançá-lo.

Finalmente, eles navegaram por um monte de rocha negra e grama verde para ficar em uma pequena enseada rochosa onde a água caía na frente deles como uma cortina. Uma névoa fina salpicava seus rostos enquanto respiravam profundamente o ar puro e refrescante.

– Olá! – Zeke gritou, colocando as mãos em concha em volta da boca e ouvindo seu eco retornar.

Sheila passou os dedos pelo musgo avermelhado e úmido que se agarrava à parede rochosa.

– A flora e a fauna aqui são tão diferentes – disse ela, com o rosto a apenas um centímetro da parede. – Não é como nada que eu já tenha visto antes.

– Algumas pessoas dizem que o Vale dos Reis é um lugar místico – explicou T'Challa.

– Legal – disse Zeke, olhando em volta maravilhado. A névoa úmida deixou seu rosto escorregadio, e ele empurrou os óculos para cima do nariz.

– Agora – disse Sheila – se ao menos eu pudesse obter algumas amostras. Isso seria...

– Não posso deixar você fazer isso – M'Baku a cortou. – Certo, T?

– Receio que ele esteja certo, Sheila – confessou T'Challa. – Algumas espécies da flora e da fauna em Wakanda ainda carregam o efeito da radiação de vibranium, de todos aqueles anos atrás, quando o meteoro caiu. Duvido que meu pai e seus assessores deixariam vocês saírem de Wakanda com qualquer tipo de... contrabando.

Zeke riu.

– Contrabando? É tipo... musgo, cara!

– Quem sabe que poder... um mero musgo contém? – M'Baku disse com uma voz exagerada e assustadora.

Zeke riu.

– Bem – disse T'Challa –, sabe quando não podemos levar certas coisas para a América depois de ter estado no exterior?

– Sim – respondeu Sheila.

– É mais ou menos assim. Você pode estar transportando alguma cepa ou vírus misterioso que pode se tornar mortal. Como uma pandemia ou algo assim. Nunca se sabe.

– Ataque do Povo do Musgo – Zeke brincou.

Todos eles se sentaram e descansaram por um tempo, aproveitando a pausa do sol de Wakanda. T'Challa recostou-se na parede rochosa do penhasco. Então procurou em sua bolsa e distribuiu algumas tâmaras doces e mamão seco. Ele não ia ao Vale dos Reis havia anos. Ele e M'Baku costumavam ir quando eram mais jovens, saindo de fininho e se metendo em problemas quando voltavam.

Sentia falta daqueles dias, quando era apenas um garoto. Agora todos o tratavam como o futuro rei. *O que farei quando chegar a minha hora de governar?*, ele se perguntou.

– Devíamos voltar – disse M'Baku – antes que seus guardas estranhem a demora e digam a seus pais que você sumiu.

T'Challa engoliu em seco, subitamente preocupado.

– Sim. Acho que você está certo.

Ele se levantou, e seus amigos o seguiram. Depois de encherem as garrafas com água fresca, eles voltaram para baixo, contornando cuidadosamente as pedras. O sol de Wakanda ainda estava alto, e T'Challa olhou para cima e viu um grande pássaro com uma enorme envergadura voando baixo pelo vale.

– Olhem! – ele gritou.

– O que é? – Sheila perguntou, protegendo os olhos do sol.

– É chamado de abetarda-de-kori – disse T'Challa. – Eu nunca vi um antes.

– É a ave voadora mais pesada da África – acrescentou M'Baku.

O pássaro desapareceu no horizonte com golpes lentos e pesados de suas asas.

– Incrível – Sheila sussurrou.

Eles se aproximaram do fundo do vale novamente, inclinando seus corpos para o lado para evitar que caíssem morro abaixo.

– Olha quem está aqui – gritou uma voz quando chegaram ao nível do solo.

T'Challa se virou. Ele ficou tenso. Um grupo de pessoas se aproximava. Eram crianças. Mas eles pareciam... *estranhos* para T'Challa. Para começar, todos usavam túnicas brancas simples, como santos em peregrinação. Um deles parecia familiar a T'Challa. Depois de um momento, ele lembrou onde o tinha visto. Era Tafari, o garoto da AJL. Ele estava com a garota que havia falado na aula do professor – T'Challa achava que seu nome era Aya. Ele nem tinha ouvido a aproximação deles.

– Quem são eles? – Zeke perguntou baixinho.

T'Challa não respondeu, porque ficou muito surpreso com as roupas deles. Ele ofereceu a Tafari um sorriso amigável e desajeitado.

Tafari não retribuiu o favor.

M'Baku olhou para o grupo com cautela.

– Você os conhece?

– Não exatamente – disse T'Challa baixinho. – Eu estive em uma aula com eles na AJL.

Tafari deu alguns passos e ficou de frente para T'Challa.

– Nós vimos você naquele restaurante mais cedo – ele disse. – Mas receio que não haja comida chique aqui fora. – Ele se virou para os amigos. – É assim que a família real é, sabe. Eles conseguem o que querem *a qualquer momento* em que queiram. – Ele fez uma pausa e olhou para Zeke e Sheila por um longo momento, estudando-os. – Espero que vocês tenham aproveitado sua refeição. Nem todo mundo em Wakanda consegue comer assim.

Tafari baixou a voz e soltou uma enxurrada de palavras em xhosa. Seus amigos riram. T'Challa não conseguiu esconder seu choque e balançou a cabeça com desgosto.

Sheila e Zeke se viraram para olhar um para o outro, ambos estupefatos.

– Como eles sabiam onde comemos? – Zeke sussurrou, mas M'Baku deu um passo à frente, interrompendo Zeke.

– Você sabe com quem está falando, certo? Este é o príncipe, o filho do rei. *Seu* rei.

Tafari e os amigos sorriram.

– Sabemos quem ele é – disse Tafari.

– O que você está fazendo aqui, afinal? – M'Baku o pressionou.

Tafari levantou as mãos em falsa inocência.

– O quê? Nós? Estamos apenas curtindo a beleza natural de Wakanda. Wakanda é para todos nós, certo?

Zeke e Sheila ficaram em silêncio, observando a cena.

– Acho melhor irmos – disse T'Challa. – Vamos, pessoal.

– Boa ideia – Aya gritou. – Você deveria voltar para o palácio. Não gostaria que suas vestes reais ficassem sujas.

M'Baku flexionou o pescoço.

– Tudo bem – disse ele, dando um passo à frente. – Agora você desrespeitou meu amigo e, mais importante, o príncipe.

– Desrespeito? – Tafari zombou, aproximando-se. – O que seu príncipe fez para *ganhar* respeito? Além de ter nascido com uma colher de vibranium na boca?

Sheila engasgou de forma audível.

T'Challa sentiu como se tivesse levado um tapa na cara. Ele não sabia o que dizer ou fazer. Ficou lá, paralisado por um simples comentário.

M'Baku tirou a mochila das costas.

Tafari parecia avaliá-lo, olhando-o de cima a baixo. Ele andou uns cinco centímetros para a frente, o manto branco esvoaçando.

– Vai encarar, grandalhão? Então vamos.

Zeke e Sheila recuaram alguns passos.

T'Challa estendeu a mão e agarrou o braço de M'Baku.

– Não – disse ele. – Deixe. Vamos, M'Baku.

M'Baku parecia querer estrangular Tafari, mas soltou um suspiro e recuou.

– É melhor prestar atenção com quem você está falando – disse ele, roçando no ombro de Tafari enquanto eles passavam.

Tafari deu um passo para o lado.

– Vejo você no festival. Será muito divertido.

Seus amigos riram como se compartilhassem algum tipo de piada interna.

T'Challa e os amigos permaneceram quietos até que Tafari e seu grupo estivessem fora de vista.

– O que diabos foi isso tudo? – Sheila perguntou.

T'Challa soltou um suspiro abafado. Ele sentiu o suor escorrer pelas costas. *A coragem dele! Quem ele pensa que é?*

Esperou mais um momento antes de falar, tentando ao máximo recuperar a compostura.

– O cara que estava falando se chama Tafari – ele finalmente conseguiu dizer. – Eu o conheci em um programa de orientação que meu pai queria que eu fizesse. Quando eu estava lá, Tafari disse algo sobre Wakanda ter sido melhor antes de termos o vibranium. Ele disse que nossa verdadeira história estava... perdida no tempo.

– Ele precisa manter a boca fechada – disse M'Baku, ainda eriçado. – Quem quer voltar a isso? Wakanda estava dividida em tribos naquela época, lutando por recursos e terras.

– O que ele sussurrou? – Sheila perguntou. – Ele disse algo em xhosa.

M'Baku olhou para o chão.

T'Challa piscou rapidamente por um momento, como se estivesse envergonhado.

– Isso significa...

– Isso significa *estrangeiro estúpido* – disse M'Baku com raiva. Ele engoliu. – Sinto muito.

Sheila balançou a cabeça, claramente magoada.

– Bem, isso não é muito acolhedor – disse Zeke, tentando aliviar o insulto com humor.

Mas ninguém riu.

– O que há com essas vestes? – Zeke continuou. – Eles parecem algum tipo de culto ou algo assim.

– Wakanda está cheia de cultos – disse M'Baku. – Como o Culto Pantera.

– "Cultos" têm um significado diferente no lugar de onde viemos – disse Sheila. – Geralmente negativo.

– Eu não gostei do que ele disse sobre o festival – disse T'Challa.

– Ele disse que será divertido – Zeke interveio. – O que há de tão ruim nisso?

Mas T'Challa reconhecia uma ameaça quando ouvia uma, e essa era definitivamente a intenção de Tafari.

CAPÍTULO SETE

Quando T'Challa voltou para casa com seus amigos, recebeu alguns olhares questionadores de seus guardas, mas foi só. Ele ficou feliz com isso. A última coisa que queria era ter problemas enquanto os amigos estivessem aqui.

Ele dormiu mal quando a noite chegou. Estava cansado da caminhada e mentalmente perturbado pelo encontro com Tafari e seus amigos.

Nos vemos no festival. Será muito divertido.

O que exatamente Tafari estava tramando?

Deveria dizer ao pai para ficar atento a... o quê? Um bando de crianças com mau comportamento e túnicas brancas?

Ele se virou e socou o travesseiro, fazendo um ponto macio para deitar a cabeça. Estava apenas sendo paranoico? Ele quase riu alto com o pensamento, pois já havia feito a si mesmo aquela exata pergunta várias vezes, apenas para descobrir que seus instintos sobre algum perigo geralmente estavam certos.

O que seu príncipe fez para ganhar respeito? Além de ter nascido com uma colher de vibranium na boca?

O insulto ainda doía, e T'Challa sentiu que demoraria um pouco para que seu orgulho voltasse.

Antes de se encontrar com Zeke e Sheila na manhã seguinte, T'Challa saiu cedo, seus seguranças mantendo um pouco de distância, pois ele havia dito que precisava de algum espaço para pensar.

Uma garoa fina começou, e T'Challa caminhou em um ritmo acelerado. Os vendedores estavam montando suas barracas, oferecendo vegetais coloridos, cestas feitas sob medida, miçangas, colares e pedras preciosas.

Quando chegou ao terreno da AJL, a garoa havia parado, e alguns alunos madrugadores já estavam sentados em mesas externas, alguns lendo livros, outros reunidos em pequenos grupos. Ele encontrou a sala de aula do professor Silumko facilmente. Respirou fundo e bateu na porta fechada. Depois de um momento, ouviu passos, então a porta se abriu.

– Príncipe T'Challa – o professor o cumprimentou. – Que surpresa agradável.

– Sinto muito por vir sem avisar – respondeu T'Challa. – E tão cedo.

– Absurdo. Entre. Receio que a aula só comece em uma hora ou mais. Você está aqui para outra visita?

– Não – T'Challa respondeu –, mas eu gostaria de falar com você por um momento, se não estiver muito ocupado.

O professor Silumko ergueu uma sobrancelha curiosa e o convidou a entrar.

Em vez de conversar na sala de aula, o professor levou T'Challa a um pequeno escritório atrás de uma divisória de tela dobrável, pintada nos verdes profundos de uma floresta wakandana.

– Às vezes trabalho até tarde – disse o professor, tirando pilhas de papéis de um lugar e levando para outro –, e este quartinho serve como uma espécie de segundo lar. Desculpe pela... desarmonia.

T'Challa quase riu alto. Apenas um acadêmico para usar uma palavra como *desarmonia*, quando *bagunça* funcionaria até melhor.

– Está tudo bem – T'Challa tentou tranquilizá-lo. – Obrigado novamente por me receber sem aviso prévio.

O espaço estava cheio de papéis, livros e pequenos objetos decorativos. Uma pequena janela deixava entrar a luz. O professor Silumko removeu alguns papéis para revelar uma cadeira e convidou T'Challa a se sentar.

– Chá? – ele perguntou. – Tenho umas folhas frescas e adoráveis de rooibos. Levará apenas um momento para preparar um bule.

– Não – disse T'Challa. – Obrigado. Estou bem.

O professor Silumko sentou-se atrás de uma mesa que parecia ter sido esculpida em uma única peça de ardósia. Ele juntou os dedos e apoiou os cotovelos na mesa.

– Então, meu príncipe. Como posso ajudá-lo hoje?

T'Challa se mexeu na cadeira. Algo o atingiu. Ele enfiou a mão sob a coxa e encontrou uma pequena escultura de madeira de uma pantera. Ele o ergueu.

– Ah – disse o professor, constrangido. – Sinto muito. Eu estava procurando por isso outro dia.

T'Challa a colocou em uma mesa ao lado dele.

– Bem – ele finalmente começou –, eu esperava que você pudesse me contar um pouco sobre um de seus alunos.

O professor Silumko inclinou a cabeça.

– Um de *meus* alunos?

– Sim. Ele estava aqui quando eu o visitei. Acho que o nome dele é Tafari.

Um músculo se contraiu levemente no queixo do professor. Ele se recostou na cadeira.

– Ah, sim. Tafari. Sua família é da Tribo Jabari. Pelo que entendi, Tafari saiu de casa e não voltou. Suponho que ele fique com amigos ou tenha seu próprio apartamento na cidade.

T'Challa achou essa informação interessante. A Tribo Jabari era isolacionista e não seguia Bast ou a Tribo da Pantera. Sua divindade era Hanuman, e seus seguidores se autodenominavam o Culto do

Gorila Branco. Eles moravam nas montanhas e evitavam tecnologia e vibranium. *Assim como Tafari*, T'Challa percebeu.

– Ele é um aluno brilhante – continuou o professor –, mas também perturbador. Sinto muito se ele te ofendeu.

– Eu não fiquei ofendido – disse T'Challa, embora estivesse. – O que mais você pode me dizer sobre ele?

O professor brincou com outro pequeno entalhe em sua mesa, este de uma cobra com pedras verdes no lugar dos olhos.

– Ele é obstinado. Opinativo. Pode ser um grande líder. Mas temo que suas ideias sejam um pouco... radicais para o gosto moderno.

– Você se refere a quando ele disse que wakandanos eram melhores antes do vibranium?

– Sim, essa é uma das coisas que ele mencionou em sala de aula.

T'Challa assentiu.

– E o que mais ele... mencionou na aula?

O professor engoliu em seco, e pareceu a T'Challa que ele estava nervoso. Talvez fosse apenas porque estava sendo questionado por um membro da família real. Mas T'Challa realmente não se importava. Ele queria saber tudo sobre Tafari.

Nasceu com uma colher de vibranium na boca...

– Bem – começou o professor Silumko –, ele acha que somos um povo perdido. Uma vez disse que frequentemente se perguntava quem estava aqui *antes* de Bast e dos Orixás.

T'Challa esfregou o queixo. Sua mãe lhe contava histórias dos Orixás quando ele era mais novo. Eles compunham o panteão dos deuses de Wakanda: Thoth, Kokou, Mujaji, Ptah, Nyami e a mais poderosa de todos, Bast. Esses não eram apenas nomes mitológicos para os wakandanos. Eles eram tão reais quanto o ar que respiravam.

– Então – disse T'Challa. – *Quem* estava aqui antes dos Orixás? Tafari já obteve uma resposta?

O professor Silumko tirou os óculos e os limpou com um pano de sua mesa. Ele parecia perturbado, notou T'Challa, a julgar por sua inquietação.

– Alguns dizem que há muito tempo – ele começou –, muito antes de Bashenga e Bast, havia... outros aqui.

– Outros? – T'Challa repetiu.

O professor colocou os óculos de volta na ponta do nariz. Ele parou por um momento e estudou T'Challa.

– Hoje nós os chamaríamos de demônios. Criaturas sobrenaturais tão antigas, que ninguém se lembra de seus nomes. Mas eles foram banidos para os Reinos Inferiores por Bast e pelos Orixás há muito tempo e trancados por toda a eternidade.

Houve outro momento de silêncio. T'Challa nunca tinha ouvido isso quando criança. Como isso foi possível? Ele tentou manter a compostura e não deixar transparecer sua ignorância sobre a história de Wakanda.

O professor Silumko tossiu levemente e se mexeu na cadeira.

– Se posso perguntar, meu príncipe, por que a preocupação com Tafari?

T'Challa hesitou. Ele não tinha certeza do que dizer.

– Eu, hum, bem... eu o vi ontem com alguns outros alunos. Eles estavam vestidos com túnicas brancas e agindo de forma meio... estranha.

Outra contração desconfortável do professor.

– Interessante – disse ele. – Eu realmente não tenho ideia do que se trata.

T'Challa assentiu e se levantou de seu lugar.

– Obrigado, professor. Eu agradeço seu tempo.

– Foi um prazer, príncipe T'Challa. – Ele se levantou e olhou para o relógio. – Gostaria de ficar um pouco? Vamos discutir filosofia moral e sua relação com as religiões do mundo.

– Não. Mas obrigado. Eu realmente agradeço seu tempo.

Quando T'Challa saiu do escritório, percebeu que agora tinha mais perguntas do que respostas.

CAPÍTULO OITO

T'Challa sonhou com os deuses naquela noite. Eles brilharam dentro e fora de sua consciência, oniscientes e poderosos, além da compreensão humana. Quando acordou, pensou no comentário do professor Silumko: *Hoje nós os chamaríamos de demônios. Criaturas sobrenaturais tão antigas, que ninguém se lembra de seus nomes.*

Por que ele não soube disso enquanto crescia?

Seus professores e, mais importante, sua mãe e seu pai nunca lhe contaram essa história oculta?

Ele achou difícil de acreditar.

Todos conheciam a história de Bashenga e como Bast lhe mostrou o caminho para a erva em forma de coração, abrindo caminho para o Culto da Pantera e seus seguidores. Mas havia mais? Um aspecto da história retirado do registro oficial?

T'Challa fez uma anotação mental para perguntar mais a seu pai e sua mãe.

Ele tirou Tafari da cabeça e saiu para ver Zeke e Sheila. Todos deixaram o palácio após o café da manhã, e a primeira surpresa de T'Challa para eles foi o meio de transporte.

– Vamos usar bicicletas flutuantes – T'Challa disse.

– Uau! – Zeke exclamou, passando as mãos ao longo da estrutura lisa de um dos veículos.

Foi construído como uma motocicleta, mas era diferente de tudo que Zeke e Sheila já tinham visto antes. Havia um para-brisa, apoio para os pés e guidão. O mais curioso de tudo é que havia apenas uma roda na parte frontal, o que fazia toda a máquina se inclinar para a frente em uma postura dinâmica e agressiva. A parte de trás ostentava o que parecia serem asas, uma de cada lado.

Zeke e Sheila ouviram T'Challa mostrar-lhes os controles.

– Existem duas velocidades diferentes – explicou ele –, mas recomendo que vocês fiquem na primeira. Vou devagar para começar.

Sheila olhou para cada detalhe da moto com curiosidade, as engrenagens em sua mente girando.

– Então, essa tira na parte de baixo é onde fica o condutor de energia, certo?

– Correto – respondeu T'Challa. – As pistas que percorrem as ruas da cidade contêm ímãs supercondutores. Uma tira repele, e a outra atrai, levantando a bicicleta ou o trem do chão.

– Incrível – disse Zeke.

– Prontos? – T'Challa perguntou.

Zeke e Sheila subiram cautelosamente em suas bicicletas.

– Ah – disse T'Challa. – Uma última coisa. Apertem o botão vermelho.

Zeke e Sheila fizeram o que lhes foi pedido. Instantaneamente, ambas as motos fizeram um zumbido, e uma bolha do que parecia ser vidro envolveu seus corpos, selando-os.

– Segurança em primeiro lugar – disse T'Challa. E decolou.

Zeke e Sheila o seguiram rapidamente, acostumando-se com a sensação e o peso das motos.

– Incrível! – Zeke gritou, alcançando T'Challa.

– Posso sentir os ímãs sob a bicicleta! – acrescentou Sheila.

T'Challa os conduziu por uma das ruas menos congestionadas da cidade, Zeke e Sheila exclamando o tempo todo. Eles se inclinavam nas curvas, mudando seu peso como pilotos profissionais.

– Isso é como um videogame! – Sheila gritou.

– Mas você não joga videogame! – Zeke gritou de volta.

– Mas eu *imagino* que é com isso que se parece! – Sheila respondeu.

– Preparem-se para desacelerar! – T'Challa avisou.

Eles viraram uma esquina, e T'Challa diminuiu a velocidade até que parassem. Zeke e Sheila seguiram o exemplo dele e apertaram o botão vermelho novamente, liberando os escudos.

– Isso é legal demais! – disse Zeke. – Precisamos dessa tecnologia na América!

– Vai sonhando! – disse Sheila. – Ainda estamos tentando colocar trens de alta velocidade em todas as grandes cidades.

T'Challa se lembrou de quando pegou o trem elevado em Chicago. Embora tenha sido uma experiência divertida, ele achou que era uma maneira bem lenta de viajar.

– Ei – Zeke perguntou –, como conseguimos nos ouvir através do vidro?

– Eu conectei as motos mais cedo – disse T'Challa. – Mais ou menos como o Bluetooth, mas baseado na tecnologia vibranium.

Sheila balançou a cabeça maravilhada.

– Qual é o próximo? – Zeke perguntou.

T'Challa sorriu.

– Sigam-me.

Ele os conduziu por outra rua da cidade, estreita e sinuosa, com vitrines lotadas de ambos os lados. Zeke e Sheila fizeram as curvas e voltas tão bem quanto T'Challa.

O caminho estreito se alargou, e a rua ficou menos movimentada. À frente, o sol estava forte, e T'Challa diminuiu a velocidade da bicicleta, deixando seus amigos o alcançarem, antes de finalmente parar. Eles desativaram os escudos de vidro.

– Oh meu Deus – disse Sheila, respirando com dificuldade.

Zeke ficou sem palavras.

À frente deles, um lago azul brilhante reluzia, manchas de sol cintilando na água.

– Este é o Lago Turkana – disse T'Challa.

– É lindo – sussurrou Sheila.

Eles largaram suas bicicletas flutuantes e caminharam uma curta distância até a beira da água. Algumas pessoas estavam curtindo o clima e a brisa do lago. Gaivotas, andorinhas-do-mar e até um albatroz voavam e mergulhavam em busca de pedaços de comida na praia. T'Challa respirou fundo.

– Eu costumava vir muito aqui alguns anos atrás. Ficava sentado por horas, olhando para a água.

– Bem – disse Zeke, tirando os tênis e a camiseta. – O último a entrar é um ovo podre!

A surpresa surgiu no rosto de T'Challa quando Zeke correu para a água, chutando a areia em seu rastro. Ele mergulhou a cabeça e voltou cuspindo.

– É claro como cristal! – ele gritou.

T'Challa olhou para Sheila.

– Eu não tenho um maiô – disse ela.

– Bem – respondeu T'Challa –, nem eu!

E com isso, os dois partiram para se juntar a Zeke, com roupa e tudo.

T'Challa de repente se sentiu como uma criança novamente, espirrando água, rindo e tentando ficar de pé nos ombros de seus amigos. Era exatamente o que ele precisava para relaxar. Felizmente, nenhum dos outros banhistas o reconheceu.

Eles saíram da água pingando, mas o sol estava tão intenso, que eles já estavam bastante secos depois de meia hora sentados à beira do lago. T'Challa gostava de se deitar ao sol, sentindo o calor no rosto e nas costas. Era uma coisa tão simples, mas que não experimentava havia algum tempo. Ele ouviu a voz do pai em sua cabeça, algo que havia dito mais de uma vez. *Em breve chegará o momento em que você terá que deixar de lado as preocupações infantis, T'Challa. Lembre-se disso.*

O humor tranquilo de T'Challa foi subitamente interrompido por pensamentos sobre quem ele era e seu destino.

– Ei – Zeke chamou, protegendo os olhos com a mão –, quando vai rolar aquele festival?

T'Challa ficou tenso. Seu estômago embrulhou quando ele percebeu que o Festival dos Ancestrais era no dia seguinte.

Nos vemos no festival. Será muito divertido.

Uma nuvem escura passou na frente do sol.

CAPÍTULO NOVE

Na noite seguinte, Wakanda estava cheia de entusiasmo. T'Challa, com Shuri e M'Baku, encontrou Zeke e Sheila do lado de fora de seus quartos. Ele também ficou surpreso ao ver três Dora Milaje esperando silenciosamente, seus rostos impassíveis.

– Papai diz que as quer conosco – Shuri sussurrou. – Grandes multidões, sabe?

T'Challa olhou as guerreiras com cuidado. Elas pareciam prontas para entrar em ação a qualquer momento. Ele deu um breve sorriso e acenou com a cabeça e, em uníssono, todas ergueram o braço esquerdo em punho fechado sobre o coração.

– Então – T'Challa perguntou –, estamos prontos?

– Sim – Zeke disse.

Sheila sorriu ao lado dele. T'Challa estava feliz por seu pai ter permitido que seus amigos comparecessem ao festival. Ele também ficou feliz em ver que Shuri não estava usando uma fantasia de Bast, afinal. Ela usava um macacão azul elétrico com muitos bolsos para seus dispositivos.

As Dora Milaje os flanqueavam enquanto caminhavam. T'Challa notou que Zeke parecia completamente pasmo e apavorado com elas.

– Olha só aquela lua – disse Sheila, olhando para cima.

T'Challa olhou para o céu. A lua pairava baixa e pesada no céu, uma testemunha vermelho-fogo dos acontecimentos da noite.

Zeke tirou a mochila e remexeu dentro dela.

– Falando na lua, eu trouxe algo para você, T'Challa. Pegue.

T'Challa levantou as mãos em um movimento reflexo.

– *MoonPies*! – ele meio que gritou.

– O que é um *MoonPie*? – perguntou M'Baku.

T'Challa desembrulhou o pacote e entregou um dos marshmallows de chocolate para M'Baku, que o estudou de perto e, então, deu uma mordida. Ele ficou quieto por um momento enquanto mastigava, analisando.

– Tem um gosto bom – ele finalmente disse, olhando para Zeke. – Sabe, você não é tão ruim assim. Não me importo com o que dizem sobre você.

– Certo – Zeke disse sem rodeios. – Obrigado.

– Ei – disse T'Challa. – Olhem lá em cima.

À frente, o que parecia serem mil vaga-lumes piscavam suas luzes amarelas nas árvores. Multidões estavam sentadas no chão macio ou em pé com crianças nos ombros. O Monte Bashenga era alto, seu pico majestoso subia para o céu noturno, com a estranha lua vermelha como pano de fundo.

– Isso vai ser excelente! – T'Challa disse, mas novamente se lembrou da mensagem enigmática de Tafari. Ele não disse nada ao pai. Não queria correr para o rei por cada comentário ou ação estranha. Isso apenas provaria que Tafari estava certo:

Você deveria voltar para o palácio. Não gostaria que suas vestes reais ficassem sujas.

T'Challa afastou os pensamentos perturbadores. Ele só queria se misturar e não chamar a atenção para si mesmo. Seu pai, é claro, apareceria como o governante da nação.

Milhares de pessoas estavam presentes, uma multidão de roupas de cores vivas até onde a vista alcançava. Bandeiras wakandanas tremulavam em cada pico, e música percussiva soava de alto-falantes invisíveis. T'Challa e os amigos sentaram-se em uma colina com vista para as festividades.

– Aqui vamos nós! – Shuri exclamou.

O silêncio desceu. Uma única luz brilhante apareceu no céu ao leste, e uma voz profunda e forte soou sobre a multidão.

– Anos e anos atrás, quando as cinco tribos de Wakanda foram divididas, um grande meteoro caiu dos céus.

O ponto solitário de luz se expandiu – um anel de fogo crepitava em torno de suas bordas – e se transformou em uma bola de fogo ardente, que disparou pelo céu e logo desapareceu ao longe, acompanhada por um som ensurdecedor. *BUM!*

– Uau! – Zeke gritou para se sobrepor à explosão. – Este é o melhor show de luzes de todos os tempos!

– Um meteoro – continuou a voz – que mudaria o futuro de nossa nação.

Tambores começaram a bater à distância, *bum*, *bum*, *bum*, uma batida rítmica que encantou o público.

– E, a partir desse evento cataclísmico, uma nação foi transformada.

Zeke observou, pasmo, enquanto o ar tremeluzia à sua frente. Linhas prateadas brilhantes começaram a descer o Monte Bashenga, cintilando no escuro, como se o próprio vibranium estivesse saindo da montanha como lava branca.

A voz invisível de repente assumiu um tom terrível.

– Mas nem tudo foi... como poderíamos ter pensado.

As batidas dos tambores tornaram-se cada vez mais sinistras, cada vez mais rápidas, *bum, bum, bum, bum, bum.* T'Challa sentiu as reverberações nas solas dos pés e ao longo da coluna. Rostos apareceram no céu em um espectro de tons: vermelho e verde cintilante, branco ofuscante e azul elétrico.

– Alguns de nosso povo foram contaminados pelos destroços e pareciam possuídos... – a voz continuou – por algo como espíritos malignos.

T'Challa assistia enquanto os rostos se tornavam monstruosos, imagens grotescas que jogavam suas cabeças para trás e uivavam, ecoando sobre as massas reunidas. Um garotinho ao lado de T'Challa gritou e abraçou o pai.

– Mas Bashenga, um grande xamã guerreiro, rezou para a Deusa Pantera, Bast.

Uma onda de alegria surgiu quando uma enorme pantera tomou forma nas estrelas, como uma constelação que acaba de ser revelada.

– E Bast... respondeu ao chamado dele! – o narrador gritou.

Ela também ouviu meu chamado, T'Challa pensou. *Corra, Jovem Pantera. Corra.*

Bast saltou no céu noturno, e um tremendo rugido sacudiu o chão onde T'Challa e seus amigos estavam sentados.

O narrador continuou a história.

– Bast conduziu Bashenga até a erva em forma de coração, dando a ele um poder que ia além dos homens comuns.

Juncos altos e grama selvagem surgiram ao redor de T'Challa e seus amigos, ondulando na brisa noturna. T'Challa se perguntou como teria sido, milhares de anos atrás, testemunhar tal evento – estar lá no início do nascimento de Wakanda. Sheila estendeu a mão para tocar um junco que ondulava suavemente, mas sua mão só agarrava o ar vazio. Era tudo uma exibição holográfica.

– E agora – a voz continuou –, hoje, prestamos homenagem ao nosso rei, uma linhagem passada desde a geração de Bashenga.

Uma luz flamejante brilhou no palco para revelar o orador, um homem de túnica vermelha, segurando um grande cajado de madeira.

– Povo de Wakanda! – ele gritou. – Recebam... Rei T'Chaka! O Pantera Negra! E a Rainha... Ramonda!

Um rugido ensurdecedor de aplausos subiu pela multidão quando os pais de T'Challa foram apresentados, de pé em um palco elevado feito de pedra negra. Shuri acenou com os braços no ar, e o grito de guerra wakandano escapou de seus lábios.

– Yibambe! Yibambe!

– O que isso significa? – Zeke perguntou.

Shuri fez uma pausa em sua celebração.

– É um chamado para nos unirmos – ela gritou por cima do barulho da multidão –, mas você poderia dizer que significa "mantenha-se firme"!

– Yibambe! – Zeke gritou, com entusiasmo renovado. – Yibambe!

Sheila riu da empolgação de Zeke.

T'Challa sentiu o orgulho inundar seu corpo. A Rainha Ramonda estava ao lado de seu pai, o rosto severo e orgulhoso. Mas não eram apenas o rei e a rainha no palco. Todos os líderes tribais, anciãos, místicos e xamãs do Culto da Pantera também estavam lá, como uma demonstração de força e união. As Dora Milaje os flanqueavam dos dois lados, imóveis, mas alertas, prontas para qualquer ameaça.

O Rei T'Chaka ergueu a mão pedindo silêncio, que se fez imediatamente. Ele não usava o traje de pantera, mas roupas cerimoniais adornadas com as cores e os sigilos da Tribo da Pantera. Ele olhou para a multidão, e T'Challa sentiu como se seu pai estivesse procurando por ele e por sua irmã. Poderiam estar lá com ele, todos os membros da família real juntos, mas T'Challa e Shuri preferiram não compartilhar os holofotes literais. Seus pais entenderam e permitiram a eles esse pequeno pedaço de liberdade pessoal.

Agora T'Challa olhava para seus pais, de pé, com Wakanda toda diante deles.

– Meu povo – o Rei T'Chaka chamou. – Somos uma nação forte, mas nossa força só vem por meio da união e da paz.

A multidão aplaudiu, gritos de apoio no escuro.

– Não seríamos nada – continuou o rei – se todos nós não trabalhássemos juntos para fazer de Wakanda uma grande nação. Nossos ancestrais sabiam disso, e é por isso que permanecemos fiéis ao nosso credo por todos esses anos.

T'Challa sentiu um formigamento percorrer seus braços. A princípio, ele pensou que fosse apenas o ar fresco, mas a sensação pareceu subir por seus braços e pescoço.

– Estranho – ele sussurrou.

– O quê? – Zeke perguntou.

– O ar – disse T'Challa. – Você sente isso?

– Achei que fosse algum tipo de ar-condicionado externo – Zeke respondeu, esfregando os braços.

Sheila virou-se para os dois.

– Por que está tão frio de repente?

Um murmúrio nervoso ecoou pela multidão. Bandeiras de Wakanda, colocadas ao redor do terreno do festival, de repente tremulavam ao vento sem parar. O Rei T'Chaka olhou para o céu, assim como as três Dora Milaje ao redor de T'Challa.

– O que está acontecendo? – Shuri gritou.

O vento continuou a aumentar, uivando cada vez mais alto. T'Challa observou as pessoas de repente correrem para se protegerem em lugares fechados. As crianças começaram a chorar com a mudança repentina do vento e do tempo. Uma preocupação surgiu nos rostos de Sheila e Zeke.

– T'Challa? – Sheila disse, sua voz vacilante.

– Olhe! – Shuri gritou.

T'Challa se virou.

Ele não entendia o que estava vendo.

Um turbilhão de algum tipo de energia branca – quase como um redemoinho com fogo nas bordas – formou-se acima do palco. Uma linha preta irregular estava no centro dele, como um relâmpago pulsando em uma nuvem negra de tempestade.

T'Challa apertou os olhos. Símbolos de algum tipo – em um idioma que ele não conhecia – se enrolavam e se formavam no círculo, alguns rodopiando, e outros queimando, brilhantes como ouro, e depois desaparecendo. T'Challa sentiu a atração do círculo, tão forte quanto um ímã.

As Dora Milaje montaram guarda e formaram um anel protetor ao redor do rei e da rainha, suas lanças prontas para enfrentar qualquer ameaça que viesse.

Naquele momento, o círculo se acendeu. E então algo saiu dele.

A princípio, T'Challa pensou que estava olhando para a fumaça dos fogos de artifício tomando conta do palco, mas fumaça não se movia da mesma maneira que aquela coisa. Era algo fluido e... *com propósito*, como se alguma força humana estivesse por trás disso.

Ele ficou parado por um momento; o choque tinha afetado sua capacidade de se mover. As formas fantasmagóricas eram quase sólidas, como figuras à beira de um sonho, pairando e esperando.

– T'Challa? – disse Zeke. – O que é...

Mas T'Challa não ouviu o resto da frase. Ele só tinha uma coisa em mente.

Seus pais.

Ele desejou que suas pernas se movessem e correu para a frente, ignorando os gritos de Shuri e M'Baku atrás dele.

– Príncipe T'Challa! – uma das Dora Milaje gritou acima do frenesi. – Afaste-se!

Braços fortes o agarraram e o seguraram com força.

– Não! – T'Challa gritou. – Me deixe ir!

– Devemos protegê-lo, príncipe T'Challa! – outra delas disse. – É nosso dever!

As formas rodopiantes se entrelaçavam ao redor do pai e da mãe de T'Challa como teias de aranha, prendendo-os onde estavam.

– Pai! – T'Challa gritou com toda a respiração que tinha.

Um som estridente explodiu sobre as massas, um gemido penetrante e agudo. Os wakandanos taparam os ouvidos com as mãos e caíram de joelhos. T'Challa sentiu a cabeça girar. Sua língua grudou no céu da boca.

As Dora Milaje investiram, se esquivaram e atacaram as criaturas sombrias com suas lanças, mas as formas não pareciam sentir os efeitos, e as guerreiras logo foram subjugadas, perdendo suas armas enquanto tentavam se libertar com seus braços e pernas. T'Challa viu as pessoas no palco serem sugadas para aquele buraco negro do nada, como se fosse um vácuo gigante.

O que é isso, em nome de Bast?, ele pensou.

Mas isso não era Bast. Era algo diferente. Algo antigo. Algo além deste mundo.

Eu preciso parar isso!, ele disse a si mesmo. *Eu preciso!*

O lamento estridente ainda soava em seus ouvidos, mas ele usou toda a disposição e força que tinha para se libertar das garras de seus guardas. Então abriu caminho através da multidão frenética.

Um borrão brilhou no canto de sua visão. Era uma figura de branco, correndo em direção ao palco. Mas, antes que T'Challa pudesse reagir, um *estampido* ensurdecedor explodiu em seus ouvidos, derrubando-o no chão.

Vozes confusas soaram:

– Foi uma bomba?

– Estamos sob ataque!

E, quando T'Challa tentou se levantar, ele viu, apenas por um instante, o que realmente era esse estranho inimigo parecido com fumaça. Eram criaturas de aparência inexplicável, parecidas tanto com cobras quanto com símios, gigantescas e ferozes, com rostos distorcidos e cheios de maldade.

A figura vestida de branco jogou o capuz para trás. T'Challa conhecia aquele rosto.

Tafari.

– Que este dia seja lembrado! – Tafari gritou. – O dia em que a monarquia caiu! Poder para os Antigos! Vida longa aos Originários!

T'Challa caiu de volta no chão.

E então tudo ficou preto.

CAPÍTULO DEZ

T'Chaka, o Pantera Negra e Rei de Wakanda, estava desaparecido.

A Rainha Ramonda também havia sumido, assim como os anciãos de Wakanda e várias Dora Milaje.

Imediatamente após o ataque, T'Challa, Sheila, Zeke, Shuri e M'Baku se reuniram na segurança do palácio. Shuri andava nervosa pela sala.

– Temos que encontrar o pai e a mãe! – ela gritou pelo que deve ter sido a centésima vez. – Agora!

As três Dora Milaje designadas para protegê-los saíram ilesas, pois não chegaram perto o suficiente para serem apanhadas pela força estranha que levou os pais de T'Challa. Uma delas, aquela com os braços fortes que segurou T'Challa com firmeza, ficou na frente dele.

– Príncipe T'Challa, eu sou Akema. Estas são minhas irmãs, Cebisa e Isipho.

O olhar de T'Challa vagou sobre as Dora Milaje. Todas pareciam ter sido tiradas da mesma rocha dura.

– Estamos à sua disposição, príncipe – disse Akema.

T'Challa tinha uma decisão a tomar. Sua mãe e seu pai não estavam presentes. Ele deveria mostrar raciocínio rápido e coragem, já que estava no comando agora.

O súbito pensamento disso o assustou. *Eu estou no comando.*

– Obrigado, Akema – ele começou, determinado a traçar um plano antes que a gravidade da situação o sobrecarregasse completamente. – Verifique o perímetro do palácio e todos os quartos. Precisamos garantir que ninguém use esta crise para causar mais danos. Vou chamá-las quando necessário.

Um aperto na boca de Akema era o único sinal de sua angústia.

– Meu príncipe, é nosso dever estar ao seu lado agora, mais do que nunca. Devemos ficar por perto.

T'Challa sentiu que não conseguia pensar. Sua mente estava agitada. Ele abriu a boca para dizer algo, mas Akema falou antes dele.

– Vou ficar na porta e enviar Cebisa e Isipho para verificar se está tudo trancado.

Ela virou a cabeça para suas irmãs, um comando silencioso. Elas desapareceram rapidamente, e Akema então caminhou até a porta, com a lança na mão, e começou sua vigília.

T'Challa olhou para Shuri. Podia sentir a dor dela na boca do estômago. Ele se perguntou se seus pais ainda estariam vivos. Não podia dizer isso em voz alta, mas o pensamento lançou um manto de tristeza sobre a sala e o deixou despedaçado. Ele tinha visto aquele redemoinho vazio sugando as pessoas para dentro dele.

– Tafari! – T'Challa murmurou, cerrando o punho. – Ele vai pagar por isso!

Sheila e Zeke, ainda em estado de choque, ficaram sentados sem falar. Eles foram para Wakanda para uma experiência única na vida. Agora tinham sido pegos em um turbilhão de terror e confusão.

– Papai não estava com o traje – disse Shuri. – Lembra? Ele estava vulnerável!

T'Challa colocou uma mão reconfortante no ombro da irmã. Ele tentou acalmar sua mente e se concentrar. Era o que seu pai sempre lhe dizia:

Não se conseguia nada pela raiva.

– Como eles poderiam ter feito isso? – perguntou M'Baku. – Que tipo de arma era?

– Não era uma arma – disse T'Challa. Ele se lembrou do que viu antes de ficar inconsciente: rostos terríveis e formas apavorantes, famintos por destruir qualquer coisa em seu caminho. – Eu os vi. Eram... criaturas de algum tipo. Eles saíram daquele portal... ou o que quer que fosse.

– Criaturas? – Zeke arriscou, e seu rosto mostrou sua aflição. – De novo não.

– Como isso... Tafari pode estar aliado a monstros? – Sheila perguntou.

– Seu professor – T'Challa disse –, um homem chamado Silumko, disse que Tafari estava interessado no passado de Wakanda. Ele queria saber quem estava aqui *antes* de Bast e dos Orixás.

– "Poder para os Antigos" – Shuri sussurrou. – "Vida longa aos Originários". Foi o que ele disse. Quem são os Originários?

E foi aí que T'Challa se lembrou. Foi algo que o professor Silumko disse quando visitou a AJL:

Hoje nós os chamaríamos de demônios. Criaturas sobrenaturais tão antigas, que ninguém se lembra de seus nomes.

Era isso que esses Originários eram?

T'Challa estava atordoado. Poderia Tafari ter invocado essas criaturas? Como?

– Eu sabia que aquele cara não era bom – disse M'Baku, sua voz tão afiada quanto o fio de uma faca. – Meus pais também estavam naquele palco. Eles se foram! – Ele pôs a cabeça entre as mãos. Seu pai, N'Gamo, fazia parte do conselho de guerra dos Panteras Negras, e sua mãe era uma oficial de alto escalão na corte real.

– Nós vamos resgatá-los – T'Challa tentou tranquilizá-lo. – Eu prometo.

M'Baku enxugou uma lágrima da bochecha.

– Aquele som – Zeke disse, esfregando sua orelha. – Aquele toque agudo. O que foi aquilo?

– Parecia algum tipo de ataque psiônico – disse Shuri.

– Psiônico? – M'Baku conseguiu perguntar.

– É como usar uma habilidade psíquica para causar dano – explicou Shuri. – Como um telepata, alguém que pode entrar na sua mente ou algo assim.

Zeke baixou a cabeça até os joelhos.

Todos ficaram sentados por um momento sem falar. T'Challa se sentiu vazio e devastado. Devia ser por volta de uma da manhã. Shuri finalmente quebrou o silêncio, e, quando falou, T'Challa ficou feliz ao perceber que sua voz estava calma.

– Você tem que fazer alguma coisa, T'Challa. Fale com a nação. Eles precisam ver um líder.

Shuri estava certa, T'Challa sabia. Ele tinha que mostrar ao povo um símbolo de esperança. Naquele momento, ele era o líder de Wakanda. A clareza repentina desse pensamento deu um choque de adrenalina em seu corpo, e ele mais uma vez ouviu a voz do pai em sua cabeça.

Você deve estar pronto para liderar quando chegar a hora, filho.

Mas ainda não estou pronto, T'Challa disse a si mesmo. *Estou?*

Antes que ele pudesse pensar mais nisso, sua pulseira Kimoyo brilhou, em um sinal de mensagem recebida. Mas ele não foi o único a recebê-la. A pulseira de Shuri também brilhou.

– O que...? – Shuri começou. – Quem está enviando isso?

Akema saiu de seu posto na porta e correu para se juntar a eles.

– Uma mensagem? – ela perguntou, sua voz esperançosa.

T'Challa assentiu e respirou fundo. Ele olhou para Shuri e deu um toque na conta em seu pulso. Houve um flash de estática por um momento, e então um rosto familiar se materializou em um holograma 3D. Era Tafari. E ele não estava sozinho. Seus companheiros vestidos de branco estavam atrás dele em uma formação triangular, com Tafari no ápice. T'Challa não conseguiu distinguir exatamente onde eles estavam, mas parecia algum tipo de sala escura, sem características identificáveis. Tafari era o único com o capuz jogado para trás, revelando seu rosto presunçoso e satisfeito.

– O que é que você fez? – T'Challa interrogou antes que Tafari tivesse a chance de falar. – Onde estão meus pais?

– Eles estão além do tempo e do espaço – disse uma voz, e uma das figuras vestidas de branco puxou o capuz para trás, revelando outro rosto familiar.

T'Challa arfou.

– Professor Silumko?

– Não são apenas seus pais, T'Challa – disse o professor. – É todo xamã, ancião e funcionário do governo que detém o poder em Wakanda.

– Quem protegerá a nação agora que o poderoso Pantera Negra se foi? – disse Tafari. – A monarquia acabou. É hora de novos deuses governarem. Os *verdadeiros* deuses. E eu serei o seu sumo sacerdote.

– Você está fora de si! – gritou M'Baku.

– Você vai pagar por isso! – Shuri estalou. – Todos vocês!

– Silêncio agora, princesa – disse Tafari em um tom condescendente.

Os olhos de Shuri se encheram de lágrimas e raiva.

– Nós somos o futuro – disse Tafari, erguendo as mãos. Um anel em forma de serpente circundava um dedo. – É hora de uma nova geração, livre da maldição do vibranium e de toda a desordem que ele trouxe.

T'Challa sentiu seu sangue ferver. Ele inconscientemente cerrou os punhos.

– Veja – Tafari continuou –, por gerações os wakandanos têm adorado aos pés de Bast. Mas Bast é uma usurpadora, um falso ídolo. – Ele fez uma pausa. – Como seu pai.

Akema literalmente sibilou de raiva.

T'Challa fechou os olhos e os abriu novamente. Ele tentou controlar a respiração e depois falou devagar.

– Eu te pergunto mais uma vez. Onde estão os líderes de Wakanda?

–Eles foram banidos – disse o professor Silumko.

– Banidos? – Shuri repetiu. – Banidos para onde?

– Para um lugar de onde nunca mais voltarão – respondeu Tafari. Ele se inclinou para que sua imagem ficasse mais próxima de T'Challa. – Mas vocês, T'Challa e Shuri, têm a chance de ajudar a mostrar aos nossos jovens o verdadeiro caminho. Por isso... *eles* permitiram que os jovens permanecessem ilesos. É a nossa chance de provar nosso valor. – Ele fez uma pausa e ergueu mais ainda a cabeça, como se falasse com aqueles que considerava estarem abaixo dele. – Então, eu lhe pergunto: você está comigo ou vai continuar adorando os falsos deuses de seus pais?

T'Challa olhou para sua irmã, que lentamente balançou a cabeça em recusa. Não havia nenhuma chance de ele ceder a isso.

– Eu rejeito sua proposta – declarou ele. – Isso é traição. E, quando eu encontrar minha mãe e meu pai, todos vocês serão responsabilizados!

Zeke e Sheila o observavam com orgulho. Este era o T'Challa que eles conheciam, alguém que não tinha medo de enfrentar os valentões e aqueles que faziam mal.

– Assim seja – disse Tafari. – Não diga que não lhe ofereci uma saída.

Houve um momento de silêncio. T'Challa podia ouvir seus próprios batimentos cardíacos dentro do peito.

– Estaremos de olho – continuou Tafari –, e prometo a você, Jovem Pantera, que retornaremos.

A tela ficou escura.

CAPÍTULO ONZE

T'Challa deixou o palácio, com Akema e as irmãs alguns passos atrás dele. Zeke e Sheila tentaram acompanhá-lo, mas ele recusou. Agora ele estava onde o Festival dos Ancestrais havia acontecido. O palco foi destruído, e detritos se espalharam pela área. Estandartes e bandeiras rasgadas tremulavam ao vento.

Seus olhos de repente se encheram de lágrimas.

Quem protegerá a nação agora que o poderoso Pantera Negra se foi?

Ele deveria ter dito alguma coisa – repreendeu-se –, deveria ter contado ao pai que suspeitava de um ataque.

Nos vemos no festival. Será muito divertido.

Ele sabia que deveria ter levado a ameaça de Tafari mais a sério.

Outra lição aprendida, disse a si mesmo.

Sua mente disparou com perguntas. O professor Silumko disse que seus pais estavam em um lugar além do tempo e do espaço. *Onde poderia ser isso?*

OS ORIGINÁRIOS.

Como Tafari os chamou aqui, se é que foi realmente isso o que ele fez?

T'Challa viu as estranhas entidades em sua mente. Elas eram reais. Não havia nenhuma dúvida sobre isso. Agora ele tinha que descobrir uma maneira de derrotá-las e trazer seus pais de volta.

Ele quebrou a cabeça pensando no que fazer.

Cada hipótese que passava por sua mente parecia ridícula.

Passos soaram atrás dele, e ele se virou, os punhos cerrados.

– Príncipe – disse Akema.

T'Challa relaxou os ombros.

– Lamento incomodá-lo – ela continuou –, mas preciso aprender mais sobre esses intrusos. Conte-me tudo o que sabe.

T'Challa olhou para o chão por um momento e, então, levantou a cabeça. Akema era alta, como a maioria das Dora Milaje, e seus membros eram esguios e musculosos. Uma braçadeira preta rodeava o bíceps esquerdo dela. Ele encontrou seus olhos, que eram de um verde brilhante e luminoso.

– Eu sei tanto quanto você – ele disse. – O que você ouviu lá atrás. No palácio. Tafari é um garoto da AJL que não segue Bast.

Os olhos de Akema piscaram, como se ela estivesse fisicamente ferida.

– Ele tem seguidores que acreditam que Wakanda estava melhor no passado – finalizou T'Challa.

– Vamos encontrá-los – disse Akema. – O rei e a rainha.

T'Challa queria a mesma coisa. Mas ele não tinha ideia de como fazer isso.

De volta ao palácio, ele encontrou Shuri e os outros com rostos tristes. Akema e suas irmãs passaram a residir no apartamento ao lado do dele, perto o suficiente para virem, se necessário, mas também davam privacidade ao príncipe e à princesa.

Zeke e Sheila ainda pareciam em estado de choque e ficaram sentados sem falar.

– Shuri está certa – disse T'Challa de repente. – Eu tenho que me dirigir à nação.

– Boa – disse Shuri.

T'Challa respirou fundo e, então, tocou em uma conta de sua pulseira Kimoyo.

Nenhuma resposta.

Ele tentou novamente, mas teve o mesmo resultado.

– Shuri – ele chamou. – M'Baku. Experimentem os seus.

Shuri e M'Baku tentaram obter uma conexão, mas nada funcionou.

T'Challa mordeu o lábio. Caminhou até uma área na sala do trono que exibia uma fileira de monitores embutidos na parede de ônix preto. Ele passou o dedo pela tela vazia, que se manteve num preto brilhante.

– Nada – disse ele. – Wakanda está sem comunicação.

– Oh cara – Zeke gemeu.

– Tafari deve tê-la desativado após sua mensagem inicial para nós – sugeriu M'Baku.

– Se ele quer voltar aos velhos tempos – disse Sheila –, então a tecnologia é algo de que se livraria.

– Acho que você está certa, Sheila – disse Shuri.

– Como ele pode ter fechado toda a rede wakandana? – M'Baku interveio.

– Vou investigar – respondeu Shuri. Ela se virou para Sheila. – T'Challa diz que você é boa com computadores?

Sheila assentiu.

– Vamos trabalhar juntas, então – Shuri disse a ela.

Mesmo em meio à tragédia, T'Challa podia sentir o coração de Sheila inchar.

– Podemos não ter a rede ativa – disse T'Challa –, mas há *outra* maneira de enviar uma mensagem. M'Baku e Shuri, saiam amanhã de manhã e falem com as pessoas que vocês encontrarem. Digam-lhes que o príncipe falará com elas aqui no Palácio Real, ao meio-dia. Espalhem a palavra o mais longe que puderem.

– Amanhã? – Shuri o desafiou. – Temos que fazer algo agora, T'Challa! Mamãe e papai não gostariam que esperássemos!

T'Challa olhou a irmã nos olhos.

– Temos que descansar, Shuri. Você precisará de sua resistência amanhã de manhã. Cabeça confusa não pensa direito.

Shuri engoliu em seco. Seu lábio tremeu.

– É o que ela sempre diz. Mãe.

T'Challa olhou para os amigos e a irmã. Todos estavam exaustos, apavorados e sem respostas.

– O que você vai fazer? – perguntou M'Baku.

– Vou descobrir o que dizer – respondeu T'Challa.

Ele imediatamente se virou para Zeke e Sheila. Então deu um suspiro profundo, como se estivesse carregando o peso do mundo nos ombros.

– Parece que vocês vieram em um momento muito infeliz, pessoal – ele fez uma pausa e torceu as mãos, procurando as palavras certas. – Provavelmente seria melhor se vocês pegassem um avião de volta para casa.

Os rostos de Sheila e Zeke contavam a mesma história: choque e descrença.

– De jeito nenhum vamos sair agora – disse Zeke.

– Você sabe que sempre ficamos juntos, T'Challa – acrescentou Sheila. – Em bons e maus momentos.

– Eu só quero ter cuidado – respondeu T'Challa. – Não quero que nada aconteça com vocês e não tenho ideia do que está por vir ou no que estamos entrando.

– Também não sabemos o que está por vir – disse Sheila. – Isso nunca nos impediu.

Zeke concordou com a cabeça.

– Você sabe o que sempre dizemos, certo?

– Um por todos... – disse Sheila.

T'Challa conseguiu dar um sorriso.

– E todos por um.

CAPÍTULO DOZE

T'Challa ficou na sala do trono por um longo tempo naquela noite. Sheila e Zeke estavam em seus respectivos aposentos, e M'Baku saiu para verificar seus vizinhos. Akema estava na porta do lado de fora da sala do trono. Mesmo quando T'Challa lhe disse que fosse descansar, ela não saiu.

Ele passou os dedos pelos braços do trono do pai. O ônix preto era frio ao toque. Pensou por um momento em se sentar nele, mas desistiu. Imaginou o pai ali, forte e orgulhoso, com as vozes dos Panteras Negras há muito tempo guiando-o.

Bast, mostre-me o caminho.

A voz no fundo de sua mente era persistente. Parte dele estava empenhada em manter a calma e em encontrar uma resposta por meio de estratégia e pensamento cuidadoso. A outra parte queria que ele pegasse uma lança e procurasse por seus pais. Era uma batalha constante que ele travava na própria mente.

Tafari chamou Bast de usurpadora. Isso foi uma blasfêmia para T'Challa e certamente seria para outros wakandanos também.

Ele nem tinha certeza do que diria ao povo amanhã. Mas tinha que dizer algo. Ele era filho do Pantera Negra, e sua voz precisava ser ouvida. Então se lembrou de algo que sua mãe lhe dissera não muito tempo antes:

Às vezes, as ameaças vêm até de dentro.

– Irmão – disse Shuri, fechando a porta atrás dela. – Eu também não consegui dormir – ela se sentou em uma das cadeiras normalmente reservadas para visitantes.

T'Challa esfregou a testa.

– Está tudo bem, irmãozão. Estamos todos... indispostos.

– Onde eles poderiam estar? – T'Challa perguntou.

– "Além do tempo e do espaço", foi o que aquele professor disse.

A ideia quase deixou T'Challa em uma espécie de pânico.

– O que exatamente isso significa? – ele perguntou.

– Ainda não tenho certeza – respondeu Shuri. – Se Tafari trouxe criaturas do passado para cá, isso significa que ele tem nas mãos uma magia séria e poderosa. Onde ele poderia ter conseguido?

– Vamos descobrir – disse T'Challa, embora não tivesse a menor ideia de como.

O nascer do sol em Wakanda trouxe centenas de pessoas aos terrenos do Palácio Real. A nação estava presente, mas não havia anciãos ou pessoas que ocupavam posições de poder, apenas wakandanos que trabalhavam duro todos os dias para ver seu país prosperar.

T'Challa estava cansado e estressado; seu sono nada mais fora do que uma sequência de imagens surpreendentes. Ele precisava se concentrar, mas estava passando por um momento difícil.

Um pensamento preocupante de repente veio à tona em sua mente. Se outra nação soubesse da fraqueza de Wakanda, certamente poderia usá-la a seu favor. O Grande Monte poderia ser explorado.

Não posso deixar isso acontecer, ele disse a si mesmo. *Nunca.*

As pessoas reunidas no palácio contaram histórias conflitantes. Alguns disseram que foi uma invasão de criaturas chamadas Chitauri, uma espécie militarista e espacial com apetite pela guerra. Mas todos concordaram em uma coisa. Seu líder, seu feroz guerreiro, o Pantera Negra, não estava presente. Ele, a rainha e todos os outros oficiais foram envolvidos no "Evento", como as pessoas começaram a chamá-lo.

Foi um golpe calculado.

Os nervos de T'Challa estavam à flor da pele enquanto ele olhava para a multidão. Shuri e M'Baku tiveram sucesso em espalhar a palavra. As pessoas conversavam entre si, imaginando o que estava por vir. T'Challa e Shuri ficaram em frente ao monumento gigante para Bast, esculpido em um enorme pedaço de ônix preto como carvão. Sheila, Zeke e M'Baku estavam na primeira fila, perto do palco. Akema, Cebisa e Isipho examinaram a multidão em busca de ameaças. *A Dora Milaje precisa ser vista comigo,* ele pensou. *Uma demonstração de segurança, não de anarquia.*

T'Challa sentiu uma leve brisa no rosto e ficou grato por isso. Ele não queria que as pessoas o vissem suando de ansiedade. Shuri estava ao lado dele, e juntos eles formavam uma frente unida.

Os olhos de T'Challa foram atraídos para um grupo de jovens separado da multidão, os quais lhe pareceram sussurrar de forma conspiratória uns com os outros. O que eles estavam dizendo? Quem eram eles? Mais seguidores de Tafari?

Ele se virou de frente.

– Povo de Wakanda – ele começou, feliz por sua voz não falhar. – Nossa nação... a nação de *vocês*... foi atacada. Meu pai e minha mãe, seu rei e sua rainha, estão desaparecidos – ele fez uma pausa e engoliu. Shuri lançou um olhar tranquilizador. – Minha irmã e eu faremos tudo o que pudermos para devolver seus entes queridos com segurança ao nosso país... e controlar seus agressores.

A multidão ficou em silêncio. Parecia-lhe que suas palavras estavam caindo em ouvidos surdos. Eles precisavam de um líder, não de alguém gritando palavras vazias de esperança. Engoliu o nó na garganta.

– Esses... traidores vão pagar pelo que fizeram.

– Talvez eles não sejam traidores – uma voz chamou. – Talvez eles só queiram mudanças.

T'Challa se virou ao mesmo tempo que Akema, procurando a voz que havia soado. Ele examinou a multidão novamente. Um jovem levantou a cabeça quando os olhos de T'Challa caíram sobre ele. Era um dos que o príncipe havia visto.

– Talvez Wakanda mereça isso – continuou o manifestante. – Talvez não devêssemos nos curvar a um homem, um rei que almeja e se apega ao poder.

T'Challa viu Akema apertar sua lança. Várias pessoas próximas balançaram a cabeça para o único dissidente, como se fosse um aluno indisciplinado falando fora de hora. Um homem, cujos braços musculosos se agitavam sob sua armadura de batalha, parecia estar prestes a entrar em ação. T'Challa ergueu a mão.

– Ele tem o direito de ser ouvido, assim como todos vocês. Somos todos wakandanos.

Vários na plateia concordaram com a cabeça. O homem finalmente bufou e foi embora, seguido por alguns outros. T'Challa sabia que poderia haver aqueles que não amavam o rei e a família real. Mas isso era direito deles. E uma nação civilizada não poderia sufocar a liberdade de expressão.

T'Challa esperou um tempo. Ele olhou para Shuri, que assentiu encorajadoramente.

– Como vocês já sabem – continuou ele –, estamos sem nossa rede de comunicação. Isso afeta tudo, desde o transporte na cidade até as necessidades diárias. Temos de ter cuidado. Fiquem de olho em nossos anciãos. Compartilhem comida e água, se puderem.

T'Challa olhou para seu povo. Ele viu seus rostos: esperançosos, incertos, tristes.

– Eu prometo a vocês, não falharemos.

Shuri cruzou os braços sobre o peito.

– Wakanda para sempre! – ela gritou.

O chamado ficou sem resposta e ecoou no ar pelo que pareceu uma eternidade. Uma bandeira wakandana, ainda no chão desde a noite anterior, se agitou no ar e voou para longe. T'Challa engoliu nervosamente. Ele olhou para a irmã e depois de volta para a multidão.

– Wakanda para sempre! – ele a repetiu.

O silêncio encheu o ar.

Seu coração desmoronou. Ele não conseguia nem reunir seu povo para um chamado com resposta.

– Wakanda para sempre! – gritou uma única voz de mulher.

T'Challa levantou a cabeça, esperançoso.

– Wakanda para sempre! – o grito de um homem se juntou ao dela, alto e claro.

Então a nação gritou como uma, dando a T'Challa a coragem e a união de que ele precisava.

– Wakanda para sempre!

– Wakanda para sempre!

– Wakanda *para sempre*!

T'Challa deixou o palco com uma sensação de paz. Estava feliz por ele e sua irmã terem se dirigido à nação. Ele esperava que fosse uma espécie de conforto. Agora tudo o que tinha a fazer era cumprir o que havia prometido.

De volta ao palácio, T'Challa, Shuri e seus amigos permaneceram impassíveis.

– Então – T'Challa começou –, não é o melhor momento para férias, hein? – Ele tentou sorrir, mas simplesmente não conseguia.

– Precisamos de um plano, T'Challa – disse Sheila. – Já passamos por coisas realmente estranhas e difíceis antes, mas isso...

– Eu sei – respondeu T'Challa. – Estou tentando manter a calma. Sem a rede wakandana, não podemos nem procurar pistas – Ele se virou para Shuri. – Pensei que você e Sheila iam trabalhar para restabelecer a rede.

– E estamos – Shuri respondeu. – Só que ainda não tivemos sorte. Mas vamos continuar nisso.

– Bom – disse T'Challa. Ele se levantou e começou a andar lentamente pela sala. – Sabemos que Tafari chamou essas criaturas aqui. Ele deve ter usado algum tipo de magia.

– Mas de onde? – Zeke perguntou.

– Talvez fosse um portal – sugeriu Sheila. – Aqueles monstros tiveram que chegar aqui de alguma forma.

– Sim! – disse Zeke. – Assim como em todas as histórias. Sempre há algum tipo de porta ou algo assim.

T'Challa vasculhou seu cérebro em busca de qualquer coisa que já tivesse ouvido que envolvesse algum tipo de viagem dimensional. Ele distraidamente estendeu a mão para bater em sua pulseira Kimoyo, mas então parou e balançou a cabeça. Sem rede. Ele não queria, mas pensou em Tafari. Talvez os wakandanos dependessem *demais* da tecnologia.

– Sabe – disse Sheila –, precisamos fazer isso à moda antiga.

– E como seria isso? – Zeke perguntou.

– Antes dos computadores e da tecnologia avançada – continuou Sheila –, as pessoas ainda resolviam as coisas, certo?

– Verdade – respondeu T'Challa, imaginando o que a amiga queria dizer.

– E onde eles faziam isso? – Sheila o pressionou.

T'Challa levantou as duas mãos, com as palmas para cima, desenhando um espaço em branco.

– A biblioteca! – Zeke gritou, pulando da cadeira.

Sheila sorriu.

– Exatamente.

CAPÍTULO TREZE

Chamava-se Biblioteca Real e era um dos tesouros mais antigos de Wakanda. T'Challa não podia acreditar que não havia pensado nisso antes. Dizia-se que ela rivalizava com a biblioteca de Alexandria em sua riqueza de informações, que remontavam a eras. T'Challa mais uma vez se perguntou se Tafari teria razão. A sociedade wakandana e o mundo em geral dependiam tanto da tecnologia, que ele havia esquecido que existia outra maneira de descobrir informações. Mas Tafari escolheu o caminho errado para transmitir sua mensagem. *Agora é tarde para ele,* T'Challa pensou. *Ele vai pagar pelo que fez.*

Zeke e Sheila seguiram T'Challa enquanto ele os conduzia para fora de sua residência. Ele achou importante que o palácio ainda fosse visto como seguro, então ordenou – ou, para ser mais exato, *pediu* – que Akema permanecesse lá, do lado de fora dos portões, como um símbolo de força.

As ruas estavam silenciosas, embora fosse apenas de tarde. Os terrenos do Palácio Real abrigavam vários edifícios e estruturas, todos para diferentes departamentos da sociedade wakandana. Entre os templos e locais de culto, havia edifícios dedicados a artes e cultura, ciência e engenharia, transporte, economia e muito mais. A biblioteca ficava no final de um quarteirão, situada entre as estátuas dos Panteras Negras do passado.

– Aí está – disse T'Challa.

O prédio em si tinha a forma de um octógono, com amplas janelas cobrindo sua fachada. A cúpula de vidro no topo deixava entrar a luz do sol. Bandeiras wakandanas circundavam a cúpula para serem vistas de todos os ângulos.

Zeke olhou maravilhado.

– Estive no Capitólio, na capital dos Estados Unidos, em uma excursão escolar, mas isso é muito diferente do que você veria por lá.

– Tem razão – disse Sheila.

Era verdade. A arquitetura wakandana não se inspirou em Roma e na Grécia, como tantas estruturas ao redor do mundo moderno. Esses edifícios tiveram uma influência futurística, mas natural. Havia metal, aço e madeira, esculpidos em pirâmides, heptágonos e círculos. Ladrilhos decorativos eram mais comuns do que tijolos simples. Torres de centenas de metros de altura pareciam alcançar o céu. Um edifício tinha a forma de uma onda em movimento.

Um conjunto de degraus de mármore branco com quase dois metros de largura conduzia às portas duplas da biblioteca. T'Challa as puxou com as duas mãos, e elas abriram com um gemido.

Os livros estavam alinhados em prateleiras até onde a vista alcançava. Como uma biblioteca americana, havia seções com diferentes áreas de interesse, embora a sinalização não fosse em inglês, mas em xhosa. A moldura em relevo que corria ao longo do topo exibia a história de Wakanda em um efeito 3D: de Bast e Bashenga às silhuetas daqueles que já usaram o manto do Pantera Negra.

– Livros – Zeke disse reverentemente. – Tantos... livros. É um paraíso nerd.

– Eu poderia passar horas aqui – sussurrou Sheila.

– E você pode – disse T'Challa.

E eles passaram. Nas horas seguintes, o trio procurou por qualquer coisa relacionada ao termo *Originários*.

Zeke virou as páginas de um enorme volume chamado *Wakanda: princípios orientadores do passado*, mas estava em branco.

T'Challa vasculhou seu cérebro em busca de qualquer coisa que pudesse lhes dar uma pista. Ele tentou se lembrar de todas as vezes em que sua mãe e seu pai lhe contaram a história de Wakanda desde que ele era criança.

– Espere – disse ele.

Zeke e Sheila olharam com olhos cansados, mas com expectativa no semblante.

– Tafari disse outra coisa naquela noite... Quando o ataque... – Ele parou. – Shuri foi quem se lembrou primeiro. Tafari disse: "Poder para os Antigos. Vida longa aos Originários".

– Antigos – Zeke sussurrou.

T'Challa se levantou e caminhou até uma prateleira. Ele inclinou a cabeça para o lado para ler as lombadas. Depois de um momento, voltou para a mesa com um livro enorme. Então soprou a poeira da capa. Zeke espirrou.

– Parece que ninguém mexe nisso há algum tempo – disse Sheila.

T'Challa colocou o livro sobre a mesa. O título era *Contos dos tempos antigos.*

– Meu pai costumava ler isso para mim quando eu era criança – disse ele, abrindo o livro. – Ele disse que Wakanda tinha mais histórias do que qualquer um poderia imaginar.

– Vamos torcer para que o que estamos procurando esteja aí – disse Zeke.

T'Challa começou a ler.

Zeke deitou a cabeça na mesa. Os olhos de Sheila estavam com as pálpebras pesadas, e várias vezes sua cabeça tombou e se levantou rapidamente. O estresse do Evento e o cansaço da viagem estavam cobrando seu preço.

T'Challa virou as páginas lentamente, sua respiração alta no espaço silencioso. A luz do sol brilhava do teto, revelando partículas de poeira penduradas no ar. Ele leu. E leu. E leu um pouco mais, mas nenhuma resposta foi revelada. Então fechou o livro com um baque, fazendo Zeke pular da cadeira.

– Sem sorte? – Zeke perguntou, bocejando.

T'Challa balançou a cabeça. Ele tentou se lembrar de sua conversa com o professor Silumko e de como ele havia falado sobre o interesse de Tafari no passado de Wakanda. Tafari havia chamado Bast de usurpadora.

– Bast – T'Challa sussurrou.

– Hein? – disse Zeke.

T'Challa se levantou e caminhou para outro corredor estreito.

– Vou tentar esta outra sala – disse ele. – Acho que há alguns textos antigos arquivados lá.

Zeke e Sheila assentiram.

T'Challa caminhou pelo corredor e dobrou uma esquina. Quando ele era criança, sempre quis ver uma sala em particular, mas nunca teve a chance. Ela era cheia de desenhos e pinturas antigas, poemas, histórias e canções. Seu pai nunca o deixou visitá-la, para grande aborrecimento do jovem T'Challa. Ele dizia que os artefatos armazenados lá eram velhos demais para serem manuseados. Agora T'Challa finalmente tinha a chance de ver que segredos ela guardava.

Ele continuou andando até chegar à porta familiar. Tinha uma lembrança fugaz da infância: andando pelo corredor com o pai, estendendo e puxando sua mão, implorando para se aventurar lá dentro. Seus olhos de repente arderam. Uma placa na porta dizia: *Por favor, peça auxílio.*

– Por favor, não esteja trancada – T'Challa sussurrou.

Ele empurrou a porta.

E ela se abriu.

T'Challa entrou e olhou ao redor. O cheiro de papel velho e poeira encheu suas narinas. Havia apenas uma janela, com uma cortina fechada. T'Challa ficou na ponta dos pés e puxou-a para o lado, deixando entrar uma luz fraca através do vidro fosco. Escadas corriam pelo chão, alcançando todo o caminho até o teto alto.

Então começou a caçada, procurando em todos os corredores.

Ele procurou.

E procurou.

Não tinha certeza do que estava buscando, mas sentiu como se uma resposta estivesse ali em algum lugar. Tinha que estar. Ele se lembrou das palavras do professor Silumko:

Hoje nós os chamaríamos de demônios. Criaturas sobrenaturais tão antigas, que ninguém se lembra de seus nomes. Mas eles foram banidos para os Reinos Inferiores por Bast e pelos Orixás há muito tempo e trancados por toda a eternidade.

T'Challa refletiu que, se fosse verdade, deveria haver um registro disso em algum lugar.

Ele caminhou mais para dentro da sala e espiou um corredor estreito à sua esquerda. Abriu caminho e encontrou uma pequena mesa e longos tubos empilhados em prateleiras como lenha. Na tampa de cada tubo, letras estampadas se destacavam ao lado de algum tipo de código. Era um sistema que só os bibliotecários conheciam, imaginou. Uma caixa de luvas brancas estava perto.

T'Challa puxou a tampa de um dos tubos, calçou as luvas brancas e enfiou a mão lá dentro. Cuidadosamente, retirou um pergaminho enrolado e o colocou sobre a mesa. Ele desenrolou uma das páginas, e o que encontrou foi mais fascinante do que poderia imaginar. Ali havia um documento sobre a flora e a fauna de Wakanda e sobre como ela mudou depois que o meteoro de vibranium caiu na Terra. Desenhos altamente detalhados acompanhavam o texto. Outros mostravam animais que já estavam extintos. O mais impressionante era uma espécie de gorila que tinha pelo menos três metros de altura. A cabeça de T'Challa girou. *Se Sheila e Zeke vissem este lugar, nunca iriam embora.*

Ele procurou por uma hora até chegar a um tubo marcado com *ORI-WAK480.*

– Ori? – ele sussurrou.

WAK certamente significava Wakanda. Quanto ao 480, ele não fazia ideia.

Olhou para o teto, refletindo sobre as letras *ORI* e sobre o que aquela abreviação significava.

– Ori... Orixá?

Com as mãos quase trêmulas, T'Challa puxou o tubo e desenrolou o pergaminho.

Seus olhos se iluminaram.

CAPÍTULO QUATORZE

– Luvas legais – Zeke disse, esfregando os olhos.

– O que você encontrou? – Sheila perguntou.

– Estas páginas estão marcadas como *As Origens do Orixá* – T'Challa respondeu, segurando um maço de papéis nas mãos.

– Eles são os deuses de Wakanda, certo? – Sheila arriscou.

– Sim – respondeu T'Challa. – Não só para nós, mas para muitas nações.

Zeke e Sheila se sentaram um pouco mais eretos.

T'Challa sentou-se e cuidadosamente desenrolou a primeira folha de pergaminho. Ele usou dois pequenos livros para segurar os cantos das páginas e evitar que se enrolassem. Provavelmente ele não era aberto havia décadas.

– "Os dias de dor" – ele leu.

E lá no Palácio Real de Wakanda, com a luz do sol entrando pela claraboia, T'Challa começou a ler:

– "Há muito tempo, quando as planícies e os desertos eram vazios, as primeiras pessoas chegaram à terra que hoje chamamos de Wakanda. O ar e a terra estavam secos, mas o povo rezou aos deuses pedindo chuva, e a chuva veio.

"Muitas eras se passaram, e o povo começou a amar sua terra e sua abundância. As terras secas floresceram no solo fértil e rico. Os rios e lagos forneciam sustento com peixes, conchas e sal.

"Mas chegou um dia em que o sol escureceu, e a lua ficou vermelha.

"As montanhas tremeram e os rios sangraram.

"E então eles vieram.

"Eles vieram com um grande estrondo de trovão.

"E o povo gritou de terror.

"Eles os chamavam de os Antigos."

T'Challa fez uma pausa e ergueu a cabeça.

Sheila e Zeke, não mais cansados, mas energizados pela história, sentaram-se eretos, ansiosos por mais.

– São eles – disse Sheila. – Poder para os Antigos.

– Os Originários – Zeke acrescentou.

– E eles vieram sob uma lua vermelha – disse Sheila. – Assim como na noite do festival.

T'Challa relembrou a lua wakandana naquela noite. Seu tom era vermelho-sangue. Ele sentiu um calafrio nos ombros. Respirou fundo e continuou lendo.

– "Os Antigos eram insuportáveis de olhar e tinham uma aparência assustadora: com chifres, guelras e penas; bicudos, com garras e língua bifurcada.

"Eles atacaram as primeiras pessoas em grande número. Eram escravistas e torturadores e as usaram para construir seus templos. Muitos foram mortos, e o povo gritava por socorro.

"Mas havia aqueles que se opunham aos Antigos, pessoas corajosas de espírito e fortes, que não se intimidavam. O povo as seguiu e se reuniu ao seu chamado.

"E chegou o dia em que expulsaram os Antigos.

"O povo celebrava e adorava aqueles destemidos líderes, caindo de joelhos e cantando seus nomes.

"E logo um grande e misterioso momento chegou.

"Os valentes foram fisicamente transformados pelo amor e poder daqueles que os seguiram. Tornaram-se deuses, e o povo os chamou de Orixás:

"Nyami, o Pai Celestial; Thoth, com a força de mais de mil homens; Ptah, o Modelador; Mujaji, Aquela que Nos Deu Nosso Nome; Kokou, Deus da Guerra; e, acima de tudo, Bast, que morava na cidade de Bastet, no topo da montanha, onde seus seguidores e descendentes foram abençoados com a transformação divina.

"Os Orixás derrotaram e baniram os Antigos e os prenderam nos Reinos Inferiores, além do tempo e..."

T'Challa parou. Ele olhou para Zeke e Sheila e então de volta para a página:

– "... do espaço... onde permanecem até hoje, amarrados e acorrentados."

Um momento de silêncio encheu a biblioteca.

T'Challa engoliu. Sua boca estava seca.

– Além do tempo e do espaço. É onde Silumko disse que minha mãe e meu pai estavam.

– Os Reinos Inferiores – disse Sheila.

– E como chegamos até esses Reinos Inferiores? – Zeke perguntou. – E uma vez que o fizermos, como nós...

– Vamos encontrar uma maneira – disse T'Challa, interrompendo-o. – Temos que ir.

CAPÍTULO QUINZE

As revelações do dia ainda estavam passando pela mente de T'Challa na manhã seguinte. Os Reinos Inferiores. Que tipo de lugar era aquele? Como alguém chegou lá?

Ele tinha ouvido muitas histórias fantásticas quando criança, mas nunca uma tão fascinante quanto a que lera na noite anterior. Ele sabia que Wakanda não havia surgido do nada, mas não sabia nada dos Antigos e de como eles habitaram a terra.

Seu povo havia sido escravizado.

T'Challa fechou os olhos e fez uma oração silenciosa por seus ancestrais caídos.

Ele mal havia dormido e tinha passado grande parte da noite olhando para o teto. O tempo todo, uma linha do texto passou por sua cabeça:

Os Orixás derrotaram e baniram os Antigos e os prenderam nos Reinos Inferiores, além do tempo e do espaço.

Como?, T'Challa se perguntou novamente. *Como Tafari e Silumko fizeram isso?*

Depois de se encontrar com Zeke e Sheila, T'Challa deixou Shuri e M'Baku a par de sua descoberta. Os olhos de Shuri se arregalaram de descrença.

– Nossa história começou com Bast – ela disse, quase desafiadora – e com ela guiando Bashenga até a erva em forma de coração. Eu nunca ouvi nada disso antes!

Sheila balançou a cabeça.

– Isso tudo soa familiar – ela começou. – Nos Estados Unidos, a história às vezes é negligenciada e até mesmo alterada para se adequar a um plano.

– Parece que isso acontece aqui também – disse T'Challa. Ele suspirou. – Mas temos que descobrir onde estão esses Reinos Inferiores e como chegar lá.

– E não temos muito tempo – M'Baku lembrou a todos. – Tafari disse que estaria assistindo. Lembra?

– E que voltaria – acrescentou Shuri. – Quando, exatamente, isso vai acontecer?

T'Challa não sabia. Ele estava exausto. Shuri e M'Baku estavam certos. A ameaça de Tafari, por mais vaga que fosse, ainda era uma ameaça. Talvez ainda mais perigosa, porque ele não tinha dito mais nada.

– Eu não sei – respondeu T'Challa. – Mas temos que agir como se tudo o que ele planejou pudesse acontecer a qualquer momento. – Ele fez uma pausa. – Shuri, alguma notícia na rede?

Shuri fez uma careta.

– Não tive sorte. Examinei todos os cenários possíveis e não tenho certeza de como foi desativada. Sheila acha que foi algum tipo de pulso eletromagnético.

T'Challa lembrou-se da estranha sensação na noite da celebração, quando sentiu uma carga estática percorrer seus braços.

– Existe algo que possamos fazer para consertar isso? – T'Challa perguntou, virando-se para Sheila.

Sheila balançou a cabeça, frustrada.

– Está além das minhas habilidades, T'Challa. Quem quer que Tafari tenha usado para atacar a rede realmente sabe o que faz.

– Claro – disse T'Challa sarcasticamente. – Os alunos da Academia, e provavelmente os do culto de Tafari, são algumas das melhores mentes jovens de Wakanda.

– E agora eles foram desviados – acrescentou Shuri –, todos sob o feitiço de um megalomaníaco.

– Se esses Reinos Inferiores estão além do tempo e do espaço – disse Sheila –, isso significa que eles não estão neste plano físico.

T'Challa sabia disso no fundo de sua cabeça, mas ainda não havia dito em voz alta.

– E como você sai deste plano físico? – Zeke perguntou.

T'Challa olhou para o amigo, o rosto sério.

– Só há uma maneira de fazer isso até onde eu sei.

Shuri ergueu uma sobrancelha cautelosa para o irmão.

– T'Challa – ela disse baixinho. – Você não pode.

– O que está acontecendo? – Zeke perguntou, olhando para T'Challa e Shuri. – Não pode o quê? Como você sai deste... plano físico?

– Pegando a erva em forma de coração – respondeu T'Challa.

Zeke e Sheila trocaram olhares desconfiados.

Shuri piscou rapidamente.

– T'Challa. A viagem para o Plano Ancestral é destinada apenas àqueles que estão prestes a se tornarem o Pantera Negra. É um ato sagrado.

T'Challa relembrou sua história e como o vibranium infundiu a flora e a fauna de Wakanda quando o meteoro caiu na Terra séculos atrás. A mais peculiar dessas plantas era chamada de erva em forma de coração, uma flor que, uma vez destilada e transformada em líquido, permitia que alguém entrasse em outro reino. Era Djalia, um lugar também conhecido como Plano Ancestral. Era para lá que viajavam aqueles que vestiriam o manto do Pantera Negra em busca do conselho e da sabedoria dos anciãos. O pai de T'Challa nunca havia lhe dado detalhes sobre sua experiência no outro mundo, simplesmente dizia que era uma jornada pessoal planejada especialmente para ele.

A voz de Zeke o trouxe de volta ao momento.
– Talvez ele possa pegar um pouco. Sabe, uma colherada?
– Existe outro caminho – uma voz disse.
T'Challa se virou para ver Akema parada na porta.

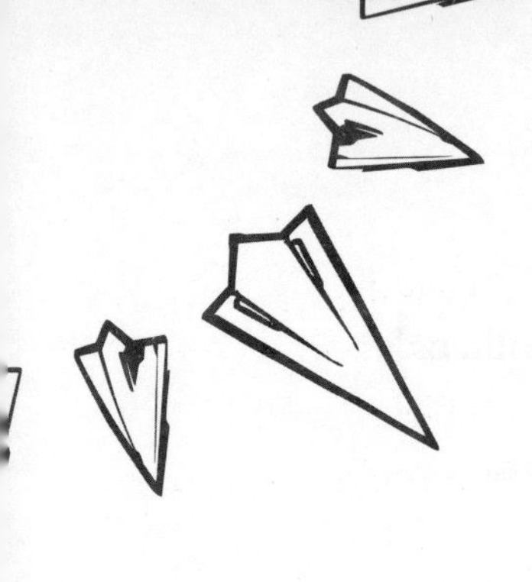

CAPÍTULO DEZESSEIS

– Então você estava ouvindo todo esse tempo? – T'Challa perguntou.

Akema entrou na sala.

– Nós, Dora Milaje, sempre vemos tudo – ela respondeu. – E ouvimos.

T'Challa não tinha certeza de como se sentia sobre a escuta de Akema. As Dora Milaje geralmente não eram conselheiras do rei, apenas guerreiras. Ainda assim, ele pensou, este não era um momento comum. Seria de se esperar que ela quebrasse o protocolo em sua defesa e de Shuri.

– Perdoe-me, príncipe – Akema começou –, mas sua irmã está certa. Eu servi seu pai por muitos anos e ouvi muitas coisas. A erva em forma de coração é sagrada. Você será o próximo a governar, mas ainda não é o momento.

– Há outra coisa também – disse Shuri.

T'Challa olhou para a irmã, cujo rosto estava pesaroso.

– Pegá-la significa que estamos desistindo. Que o pai não vai voltar. Eu, pelo menos, não quero acreditar nisso.

Ela abaixou a cabeça.

T'Challa sabia que ambas estavam certas. Ele tinha que enfrentar a verdade.

– Então – ele disse, tentando adotar um tom de voz que fosse, ao mesmo tempo, imponente e casual –, o que você aconselharia, Akema? Qual é essa outra maneira de que você fala?

Akema engoliu em seco.

– Posso me sentar, príncipe?

– Claro – disse T'Challa.

Akema descansou sua lança no canto e veio se sentar em uma das cadeiras. Suas pernas eram longas demais para isso, e ela parecia deslocada. Um lampejo de aborrecimento passou por seu rosto e depois desapareceu. Zeke e Sheila tentaram esconder seus olhares.

– Há um homem – Akema começou. – Ele já é velho e está em Wakanda há tanto tempo quanto qualquer um pode se lembrar. Sua mãe e seu pai procuraram os conselhos dele uma vez.

T'Challa inclinou a cabeça.

– Quem é esse homem? Qual é o nome dele?

– Ele se chama Zawavari.

– Zawavari – T'Challa sussurrou.

– O que ele faz? – Shuri perguntou. – Por que mamãe e papai o procuraram?

– Isso eu não sei, princesa. Só sei que acompanhamos o rei e a rainha ao território dele há muito tempo. Não sei o que aconteceu.

T'Challa balançou a cabeça.

– Mas o que pode nos dizer sobre ele, então? Você disse que havia outra maneira em vez de tomar a erva.

Pela primeira vez, T'Challa pensou ter visto medo nos olhos verdes de Akema.

– Ele é um xamã. Um bem poderoso. Dizem que ele pode andar entre os mortos.

Zeke engoliu em seco.

– Talvez ele possa guiá-lo até os ancestrais – concluiu Akema.

T'Challa olhou para sua irmã e depois para seus amigos. Então se virou para Akema.

– Você acha que é sensato procurá-lo?

– Só posso lhe dar essa informação, príncipe. Isso é tudo.

T'Challa recostou-se na cadeira.

– Onde ele está? Onde está esse território de que você fala?

Akema o encarou por apenas um momento, mas para T'Challa pareceu uma vida inteira.

– Ele reside na Necrópole.

Um momento de silêncio desceu.

– O que é... a Necrópole? – Sheila perguntou, sua voz apreensiva.

– É o lugar onde os Panteras Negras do passado descansam – disse M'Baku. – Nós a chamamos de Cidade dos Mortos.

Zeke parecia querer desaparecer.

– E mamãe e papai nos diziam para nunca brincarmos lá quando éramos pequenos – acrescentou Shuri. – Ela disse que não deveríamos... perturbar os mortos.

– Mas isso não é brincadeira, Shuri – disse T'Challa. – Não há outra escolha. Se nossos pais e pessoas de nosso povo estão presos além do tempo e do espaço, falar com esse... Zawavari pode ser uma maneira de chegar a eles.

Ele se virou para Akema, e, desta vez, sua voz era uma ordem.

– Leve-me até ele.

CAPÍTULO DEZESSETE

– Mas eu deveria ir também – Shuri reclamou.

– Sinto muito, irmã – T'Challa a consolou. – Um membro da família real precisa ficar aqui no palácio. As pessoas ainda precisam saber que há ordem.

– Mesmo que realmente não haja – Shuri bufou.

T'Challa colocou a mão em seu ombro.

– Estaremos de volta antes que você perceba. Fique forte, irmã.

Shuri assentiu com relutância.

Akema insistiu que apenas ela acompanhasse T'Challa até a Necrópole, mas ele recusou.

– Zeke, Sheila e M'Baku são meus amigos – disse ele – e provavelmente nos seguiriam de qualquer maneira.

O olhar feroz de Akema pousou nos amigos de T'Challa.

– Façam como eu digo. Se eu disser para correrem ou se abrigarem, façam isso imediatamente.

M'Baku assentiu, mas Zeke e Sheila engoliram em seco.

– Do que teríamos que fugir? – Zeke sussurrou, mas ninguém respondeu.

Eles partiram cedo na manhã seguinte, após uma noite de sono irregular, durante a qual T'Challa se revirou pelo que pareceram horas. Sua mente estava confusa e cheia de perguntas. Mas, se pudesse obter respostas falando com Zawavari, ele tinha que fazê-lo.

Antes de ir reunir os outros, procurou os aposentos do pai. Não eram os aposentos do rei e da rainha, mas um lugar privado apenas para o rei de Wakanda, um oásis longe das exigências de governar a nação. T'Challa nunca havia entrado ali antes. Agora ele estava no espaço pessoal de seu pai e olhou ao redor. Sabia que estava bisbilhotando, mas isso era mais do que simples curiosidade. Precisava ver se havia algo ali que pudesse ajudá-lo em sua busca para libertar seus pais. *Ele entenderia,* T'Challa disse a si mesmo. *Eu sei que ele entenderia.*

Era uma sala simples, e não havia sinais de excesso de indulgência. Tudo parecia ser preto ou cinza, incluindo a cama e os lençóis. Uma pintura do horizonte de Wakanda era o único vislumbre de cor. Havia duas cadeiras robustas e bem-feitas, sem adornos, exceto pelos pinos de latão que pontilhavam os apoios de braços de couro. Um armário pesado ficava no outro extremo da sala. T'Challa se aproximou hesitante. Depois de um momento e de uma oração silenciosa para Bast, ele escancarou as portas.

O traje do Pantera Negra estava suspenso no ar, braços e pernas bem separados. Não havia fios ou cabides visíveis, e ele parecia flutuar por conta própria. T'Challa não tinha ideia de como isso funcionava.

– Shuri deve saber – ele sussurrou.

O pai deveria ter usado o traje, T'Challa pensou. *Talvez tivesse lhe dado algum tipo de proteção.*

Atrás do traje, uma fileira de prateleiras se projetava da parede. Havia alguns livros, uma tigela de contas Kimoyo e um anel vibranium.

T'Challa abriu uma gaveta. Uma faca preta com lâmina afiada estava encaixada em um veludo preto macio. O rosto carrancudo de um grande macaco, com as presas à mostra, estava incrustado no cabo, o que T'Challa achou estranho.

– Hum – ele sussurrou. – Nunca vi isso antes.

Ele a ergueu e, com muito cuidado, tocou sua ponta com o dedo indicador.

– Ai!

Uma gota de sangue brotou na ponta de seu dedo.

Bem feito pra mim, ele repreendeu a si mesmo. *Mexendo nas coisas do pai.*

Ele chupou o dedo, colocou a faca de volta no lugar e saiu do armário.

A cidade estava quieta. Sem trem maglev passando pelas linhas. Sem drone voando no céu. Sem crianças em bicicletas flutuantes. E sem comerciantes vendendo seus produtos. Havia apenas um silêncio sombrio, que T'Challa achou perturbador. Ele percebeu que as pessoas tinham medo de sair de casa. As ruas nunca estiveram tão vazias.

T'Challa olhou para o céu a oeste, protegendo os olhos do intenso calor do sol. Akema os conduziu silenciosamente, como uma pantera solitária caçando sua presa. T'Challa puxou uma garrafa de água da mochila e tomou um longo gole. Ele olhou para trás, para Zeke e Sheila, tentando ao máximo fazer uma cara positiva, mas era fácil sentir a incerteza e o medo deles. Zeke continuou enxugando o suor da testa e parando para colocar os óculos no nariz. Sheila tinha uma expressão sombria, sempre vigilante. M'Baku, enquanto isso, ficou em silêncio.

A Necrópole ficava em uma área nos arredores da capital. Não havia entrada nem qualquer sinal de boas-vindas. Você *saberia* se devesse estar lá. Ou não.

T'Challa a tinha visto apenas uma vez, quando criança, de dez quilômetros de altura, com seu pai no caça Garra Real. Foi quando ele lhe disse pela primeira vez que aquele era o local de descanso dos mortos.

Demorou horas para caminhar até a Necrópole, e, quando chegaram, ele estava encharcado de suor. T'Challa enxugou a testa com as costas da mão. Ele parou na frente da estrutura antiga para absorver tudo. Ali não havia sombra fornecida por prédios e estruturas altas, apenas uma planície árida com um labirinto colossal no centro. O chão sob seus pés era feito de enormes lajes de pedra negra.

– Isso parece… convidativo – disse Zeke.

– Diga por você – acrescentou M'Baku. – Eu realmente não acho que deveríamos estar aqui.

– Vocês não deveriam – disse Akema, seu tom tão afiado quanto o fio de uma faca. – Mas é o que o príncipe exigiu.

M'Baku sorriu e abriu a boca, pronto para um retorno sarcástico, mas T'Challa lançou um rápido olhar de advertência, e ele segurou a língua.

– Onde? – T'Challa perguntou a Akema. – Onde encontramos esse… Zawavari?

Akema olhou para longe.

– Faz muitos anos desde que eu andei na Cidade dos Mortos – ela murmurou. – Zawavari pode estar em qualquer lugar. Mas quando acompanhei o rei até aqui, nós o encontramos em uma caverna – Ela apontou um longo dedo para longe. – Naquela direção.

T'Challa olhou para a frente. A Necrópole era uma estrutura ao ar livre construída com vigas de pedra horizontais e verticais, todas entalhadas com símbolos e letras que ele não entendia. Essas vigas estavam espalhadas por toda parte, e era possível atravessá-las e passar por baixo delas para ir mais longe. Isso lembrou um pouco a T'Challa os monumentos de Stonehenge, porém, enquanto as lajes de pedra de Stonehenge eram desgastadas e deformadas, as vigas de pedra ali pareciam lisas ao toque, como se tivessem sido, ao longo dos séculos, polidas para brilhar.

T'Challa estendeu a mão e tocou uma das vigas gigantes.

– Bast me proteja.

Como em resposta, um gato preto esgueirou-se lentamente entre duas vigas, o rabo eriçado erguido.

– Uh – Zeke começou. – Isso é um bom presságio. Certo?

T'Challa engoliu em seco.

O ar estava mais frio dentro das estruturas de pedra, como se uma brisa fantasmagórica estivesse em ação. T'Challa viu, pontilhados aqui e ali, o que parecia serem memoriais onde as pessoas deixaram flores, frutas e itens pessoais para homenagear seus entes queridos. Ele cuidadosamente os contornou, cauteloso para não perturbar os mortos.

– Olhe – disse Zeke, apontando para longe. – O que é aquela grande forma preta lá fora?

T'Challa seguiu o dedo de Zeke. Uma sombra gigante apareceu ao longe, a cerca de um quilômetro de onde eles estavam.

– Um templo para Bast – Akema disse. Ela abaixou a cabeça como se estivesse prestando respeito.

À frente, diante de T'Challa, várias estruturas altas projetavam sombras longas e estreitas no chão. Ao se aproximar, ele viu o que realmente eram. Estes eram os sarcófagos dos Panteras Negras de antigamente. As tampas foram feitas à imagem de homens com rostos orgulhosos olhando para longe. Eles lembraram a T'Challa reis e rainhas mumificados que ele tinha visto uma vez no Egito, com o pai, quando o acompanhou em uma visita. O mundo exterior pensava que Wakanda era uma nação pobre, e muitas vezes outros países convidavam o rei para negociações diplomáticas. Mal sabiam eles de sua verdadeira força e história.

Os sarcófagos foram posicionados de pé e com imponência, como se os reis mortos estivessem sempre vigiando a terra que uma vez protegeram. T'Challa passou os dedos por um dos caixões verticais. Era frio ao toque. A cabeça era de homem, mas os olhos amendoados eram de gato. Um adorno de cabeça – chamado nemés, se T'Challa não estivesse errado – emoldurava o rosto do homem e repousava em seus ombros. Símbolos foram gravados na pedra, mas T'Challa não conseguia lê-los. *Que idioma é? Eu não devo conhecer algumas dessas coisas se quiser me tornar o Pantera Negra?*

De repente, lembrou-se dos estranhos símbolos que vira no portal por onde os Antigos passavam.

Como Tafari fez isso?

T'Challa se perguntou se Bashenga, o primeiro Pantera Negra, estaria ali em algum lugar. Ele se deu conta de que seu próprio pai também descansaria ali um dia. Mas afastou o pensamento. Não queria pensar nisso. Aqui não. Agora não.

Os outros estavam quietos e caminhavam com cuidado – se era por respeito ou medo T'Challa não sabia. Ele continuou em frente e deixou os sinistros sarcófagos e vigas de pedra para trás, seus passos repentinamente altos nos ouvidos.

À frente deles, um monte se inclinava em direção a um grande grupo de árvores. E no centro desse monte havia uma abertura. Uma porta.

– Acho que é aqui – Zeke disse. – Onde nós... quero dizer, você entra.

– Príncipe T'Challa – Akema chamou, enquanto se virava e ficava na frente dele. – Eu não sei que perigo pode estar à sua frente. Zawavari é sábio, mas ouvi dizer que às vezes fala por meio de enigmas. Ele também pode querer algo de você. Tome cuidado, e esperaremos pelo seu retorno. – Seus olhos verdes pousaram nele por um longo momento. – Que Bast viaje com você.

T'Challa engoliu o nó na garganta e olhou para Zeke e Sheila, que deram sorrisos hesitantes.

– Se cuida – disse Sheila. – E volte para nós.

– Eu vou – respondeu T'Challa. – Prometo.

Ele deu a cada um deles um olhar longo e astuto, então se dirigiu para a entrada.

Ao se aproximar, notou um suave brilho vermelho pulsando nas bordas da abertura. Para alguns, ele imaginou, era um convite; para outros, talvez, um aviso.

Ele atravessou. A escuridão pairava à sua frente.

As paredes estavam cobertas de musgo, e o ar cheirava a terra recém-revolvida. Uma luz vermelha fraca pulsava lá dentro, assim como na entrada. Um anel de rochas brancas estava à sua esquerda. Ele deu alguns passos e abaixou a cabeça para estudá-las. Elas pareciam comuns, mas algumas aparentavam ter sido queimadas pelo fogo.

Ele caminhou por mais alguns minutos, o gotejamento de água sibilando nos ouvidos.

Devo chamar?

Onde ele poderia estar?

E como alguém poderia morar aqui?

Depois de mais alguns minutos, ele se virou, dando uma última olhada para ver se ainda conseguia enxergar a luz do dia.

Um homem parou na frente dele.

CAPÍTULO DEZOITO

O coração de T'Challa martelava em suas têmporas. O homem apenas ficou lá, estudando-o. Seu rosto era comprido e estreito, com olhos de pálpebras pesadas que piscavam lentamente. Uma pele de animal estava enrolada em seus ombros, e o resto do corpo estava envolto em escuridão. Espirais vermelhas fracas, como tatuagens tribais, marcavam suas bochechas, e havia uma no centro da testa. Argolas de ouro pendiam das orelhas.

Então ele é real, T'Challa pensou. *Não estou imaginando tudo isso.*

A caverna de repente pareceu abafada, e ele engoliu em seco nervosamente.

– Eu sou o Príncipe T'Challa – disse ele, com a voz mais forte que conseguiu –, filho de T'Chaka. Busco seu conselho, Zawavari.

Houve um momento de silêncio. O único som era o gotejamento de água do telhado invisível.

– Eu sei quem você é – Zawavari finalmente falou – e sei por que você veio.

T'Challa mudou de posição.

– Você sabe?

Zawavari deu alguns passos em direção a T'Challa.

– Deixe-me dar uma olhada em você. Meus velhos olhos estão desaparecendo.

Ele se arrastou em direção a T'Challa, apoiando-se em um bastão de madeira nodoso.

T'Challa respirou fundo, tentando parecer calmo enquanto o velho o estudava. Ele deixou Zawavari chegar muito perto, tão perto que o jovem podia sentir o cheiro de fumaça e fogo ao seu redor.

– Ah, sim, aí está – disse Zawavari, recuando. – Eu reconheço você agora. Eu vejo seu pai nesses olhos. Como está o jovem T'Chaka?

T'Challa quase sorriu. *Jovem T'Chaka?*

Como esse homem poderia não saber o que estava acontecendo fora desta caverna?

– Meu pai e minha mãe estão... desaparecidos. Houve um ataque. Eles foram arrastados por um redemoinho, junto a muitos outros líderes e anciãos.

– Ah é? – Zawavari perguntou.

A paciência de T'Challa estava se esgotando. O que, exatamente, esse homem poderia fazer por ele?

– Fui enviado para cá porque ouvi dizer que você poderia ajudar. Preciso de uma maneira de alcançar os ancestrais e pedir orientação. Não sei mais para onde ir.

Zawavari assentiu e esfregou o queixo barbudo.

– Aí está a verdade – disse ele.

Ele se afastou de T'Challa e pareceu desaparecer em um tom mais profundo de preto na caverna. Foi outra abertura.

T'Challa o seguiu.

– E então? – ele meio que gritou. – Pode me ajudar?

Zawavari não respondeu, apenas continuou avançando até que T'Challa viu e sentiu o cheiro de fumaça. Eles entraram em uma pequena sala onde ardia um fogo baixo. As paredes ali pareciam ser esculpidas em rocha negra.

– Sente-se – disse Zawavari.

T'Challa olhou para o chão de terra. Sentou-se diante do fogo e cruzou as pernas. Com grande esforço, Zawavari abaixou-se também no chão e pousou o bastão sobre os joelhos.

– Os problemas de Wakanda não são mais da minha conta – disse ele. – Eu moro aqui, no que alguns chamariam de estado de... transcendência. Um plano superior, se preferir.

O velho fechou os olhos. T'Challa pensou que o homem estava prestes a adormecer, mas ele os abriu e falou novamente.

– Uma vez ajudei T'Chaka e Ramonda. Eles são boas pessoas. Claro que vou ajudar o filho deles.

T'Challa suspirou aliviado, mas não pôde deixar de notar que Zawavari não usava os títulos honoríficos *Rei* e *Rainha* ao falar de seus pais.

– Há, no entanto, algo que você poderia fazer por mim.

T'Challa ficou tenso.

Os olhos castanhos de Zawavari se arregalaram.

T'Challa se lembrou das palavras de Akema:

Zawavari é sábio, mas ouvi dizer que às vezes fala por meio de enigmas. Ele também pode querer algo de você.

– Se puder ajudá-lo, eu o farei – disse T'Challa. E esperava não estar caindo em uma armadilha.

– Ótimo – disse Zawavari. – Tudo está bem.

O xamã enfiou a mão nas dobras de sua roupa e tirou uma bolsa. Ele desamarrou o barbante e derramou o conteúdo em uma pequena panela de barro perto do fogo. Eram um almofariz e um pilão, percebeu T'Challa. O barulho de raspagem e de trituração era alto na caverna enquanto Zawavari fazia seu trabalho. T'Challa viu que era uma fina poeira preta, que parecia cintilar com manchas brancas brilhantes.

– Para viajar para a terra dos ancestrais, você deve estar lúcido de mente e espírito. Pegue isso.

Uma mão nodosa alcançou outra bolsa e entregou a T'Challa o que parecia ser algum tipo de raiz. T'Challa a pegou em suas mãos. Era macia ao toque e fibrosa.

– Você quer que eu... coma isso? – ele perguntou, apreensivo. – O que é?

– É o que o ajudará a ver – respondeu Zawavari.

T'Challa não tinha outra escolha. Precisava confiar nele. Já tinha chegado muito longe. Se seus pais realmente buscaram o conselho desse homem em algum momento, ele não poderia ser tão perigoso. *Espero*, ele pensou.

O calor do fogo era forte, e gotas de suor pontilhavam a testa de T'Challa. Ele manuseou a raiz em sua mão.

– Aqui vai – disse ele.

A sensação inundou sua boca. Era como raiz de gengibre, cravo, noz-moscada e chocolate, tudo em um. Ele engoliu em seco.

Zawavari o estudou cuidadosamente.

– Comeu tudo? – ele perguntou com uma curiosa sobrancelha levantada.

T'Challa assentiu.

– Ótimo – disse o velho xamã.

– Como vou chegar lá? – T'Challa perguntou, o sabor da raiz ainda na língua. – Ao lugar dos ancestrais?

– Você cavalgará em uma cortina de fogo – disse Zawavari.

O xamã sorriu, e T'Challa pensou que havia cometido um erro mortal ao confiar nele.

Tentou se levantar, mas, antes que conseguisse, o xamã pegou um pouco do pó que havia em sua mão e soprou no rosto de T'Challa.

CAPÍTULO DEZENOVE

T'Challa levou as mãos ao rosto quando uma corrente de chamas disparou em sua direção.

Eu fui queimado!

Cambaleou para trás, quase tropeçando.

Tocou o rosto novamente. Estava quente, mas não pelo calor de uma chama. Estava ileso. Abaixou as mãos e exalou.

Ele olhou para um mundo mal-iluminado.

Não havia sol nem lua, apenas um céu lilás expansivo que dava ao ar um brilho fantasmagórico.

Onde estou?

Ao longe, as árvores balançavam com uma brisa imperceptível. T'Challa olhou para os pés. Sua boca se abriu em choque. Ele não estava mais usando as roupas que havia vestido. Usava um agbadá branco, uma vestimenta semelhante a um manto. As estrelas pareciam piscar dentro do tecido.

Começou a andar, a respiração lentamente voltando ao normal. Ele não sabia seu destino. Apenas colocou um pé na frente do outro e avançou. O ar estava seco ali, mas parecia refrescante de alguma forma. Ele respirou fundo, enchendo os pulmões com a essência desse lugar sobrenatural, tentando preservar a memória. Sua mente e seu corpo pareciam relaxados, como se ele tivesse acabado de acordar de um sono longo e gratificante.

Quem eu vou ver aqui? E o que Zawavari soprou no meu rosto?

O chão parecia um mar de areia negra brilhando sob seus pés.

Aquilo era música em seus ouvidos?

Era uma espécie de coro. Era o som mais lindo que já tinha ouvido e elevou seu coração de uma forma que nunca havia sentido antes, o que quase o levou às lágrimas.

Ele seguiu adiante.

Um baobá estava à frente, com seu tronco descoberto subindo para o céu e, no topo, uma floresta de folhas que parecia roçar o próprio paraíso.

– *Por que você está aqui, Jovem Pantera? Ainda não é a sua hora.*

A voz era clara como um sino dentro da cabeça de T'Challa, como se alguém estivesse parado ao lado dele. Ele se virou.

Então congelou.

Um homem estava parado diante dele.

Um homem que tinha os olhos de seu pai.

– *Neto* – disse o Rei Azzuri, o Sábio.

T'Challa estudou a figura diante de si, seu amado avô. Ele não tinha nenhuma lembrança dele, mas seu coração inchou do mesmo jeito. Ele vestia um agbadá branco, a mesma roupa que T'Challa usava. Sua forma parecia substancial, mas ainda leve, como se ele pudesse ser levado por um vento forte.

– *Certamente não é a sua hora, T'Challa. Diga-me, o que traz você aqui?*

T'Challa não podia acreditar. Aqui estava ele, no Plano Ancestral, conversando com o avô. O pai de T'Challa frequentemente o presenteava com histórias do grande rei e de como ele lutou com o Capitão América e o Comando Selvagem. Seu avô tinha sido um lutador incrível e não era de mostrar misericórdia.

T'Challa engoliu em seco, voltando ao momento.

– Há problemas no reino, avô. Pai e mãe... eles... eles foram levados.

A testa de Azzuri enrugou.

– *Levados? Para onde? Por quem?*

– Por um jovem. Seu nome é Tafari, e ele é auxiliado por outro homem chamado Silumko. Eles usaram algum tipo de... feitiçaria para levar o rei e a rainha para um lugar chamado Reinos Inferiores.

T'Challa soltou um suspiro.

– *Caminhe comigo, criança* – Rei Azzuri disse.

E T'Challa o seguiu.

Ele olhou para seus pés enquanto caminhava, mas não viu nenhum passo seu nem de seu avô.

– *T'Challa* – disse Azzuri. – *Este plano de existência não é para a vida. Como você veio a este lugar?*

T'Challa contou ao avô tudo sobre Zawavari e como ele usou magia para levá-lo até ali.

A expressão do Rei Azzuri se agravou.

– *Zawavari sempre busca algo em troca de seus presentes. Tenha cuidado, T'Challa. Ele tem poder e às vezes o usa para seu próprio ganho.*

– Terei cuidado – T'Challa prometeu a ele, perguntando-se quantos anos exatamente Zawavari tinha.

– *Agora* – o Rei Azzuri perguntou –, *onde você aprendeu sobre os Reinos Inferiores?*

– Em um livro. Na Biblioteca Real. Falava sobre os Antigos. Dizia que eles estavam em Wakanda antes de Bast. Mas Tafari os chamou de Originários. Ele quer que Wakanda volte ao passado e os adore para se afastar de Bast.

As palavras saíram tão rápido da boca de T'Challa, que ele teve que parar para respirar.

O Rei Azzuri parou imediatamente.

Ele se virou para o neto.

– *T'Challa. Conte-me tudo o que sabe.*

E foi isso que T'Challa fez.

Depois, quando se sentaram contra o grande tronco de um baobá, o Rei Azzuri suspirou.

– O que é? – T'Challa perguntou. – Pode me ajudar?

O Rei Azzuri balançou a cabeça.

– *Depende de você, T'Challa. Não posso interferir no mundo dos vivos, apenas dar conselhos.*

O coração de T'Challa caiu.

– Então, qual é o seu conselho? O que devo fazer?

O Rei Azzuri pôs a mão no ombro do neto. Seu toque era leve como uma pena. Ele ficou em silêncio por um longo momento.

– *Só você pode responder a isso. Mas há uma coisa que posso lhe dizer que pode ajudar.*

Um vislumbre de esperança brilhou nos olhos de T'Challa.

– *A resposta está em Bast* – disse o Rei Azzuri.

T'Challa esperou por mais, mas o avô permaneceu em silêncio. Um vento frio passou pelo rosto do jovem.

– É isso? – ele perguntou, tentando manter um tom respeitoso. – Isso é tudo que você pode me dizer?

– *Eu já disse tudo o que posso, T'Challa.*

T'Challa balançou a cabeça em frustração. Ele estava cabisbaixo. Tinha ido até lá por nada mais do que uma sugestão para orar?

Eu preciso de mais respostas!, T'Challa gritou em sua mente. Mas, quando ele falou, sua voz estava calma.

– Avô? – ele disse.

Mas a aparição do Rei Azzuri, o Sábio, lentamente se desvaneceu, levada por uma brisa que T'Challa sentiu no rosto e nos braços.

Ele estava sozinho.

CAPÍTULO VINTE

T'Challa sentiu um puxão, um aperto no estômago, como se alguém tivesse amarrado uma corda em sua cintura.

– Avô! – ele gritou.

O vento rugiu em seus ouvidos. A atração era maior agora, e, por um momento, ele sentiu como se fosse vomitar, mas de repente se viu sentado ao lado do fogo novamente, com Zawavari à sua frente.

T'Challa respirou fundo e olhou ao redor da caverna, tentando se orientar.

– Como? Como... Como você fez isso? Como você... me transportou para... para...

Zawavari sorriu, mostrando dentes brancos.

– Você, jovem príncipe, permaneceu aqui. Era seu *espírito* que estava viajando.

T'Challa levantou a mão para sentir o rosto e o pescoço. Sentiu um zumbido nos ouvidos.

– Meu espírito?

– Existem muitas maneiras de viajar neste mundo, T'Challa, mas nem todo mundo conhece o caminho da mente.

A cabeça de T'Challa ainda estava girando. Ele tinha visto seu avô. Realmente aconteceu. Ou não? Começou a duvidar de si mesmo. Talvez esse xamã tenha plantado esses pensamentos em sua cabeça.

– Você encontrou as respostas que procura? – Zawavari perguntou.

T'Challa fez uma pausa.

– Não sei. Quero dizer, não tenho certeza.

Zawavari riu.

– Espero que sim, jovem príncipe. Falando nisso, há algo que preciso de você.

T'Challa pensou em se levantar e correr para a saída. Se bem que, se esse homem podia mandá-lo para outro plano de existência soprando pó em seu rosto, ele provavelmente poderia prendê-lo no chão onde estava sentado.

– O que é? – ele perguntou.

Os olhos castanhos de Zawavari se arregalaram novamente.

– Quando você assumir o trono, deverá me fazer outra visita. Teremos muito o que discutir, tenho certeza.

T'Challa apertou os olhos.

É isso?

– Sim – disse Zawavari, como se tivesse lido a mente de T'Challa.

– Agora você deve ir, meu amigo. E lembre-se: procure-me quando chegar a hora. Estarei aqui, como sempre estive e sempre estarei.

T'Challa se levantou com as pernas bambas.

– Obrigado – disse ele.

Zawavari baixou a cabeça.

– Água – T'Challa implorou enquanto caminhava para a luz minguante.

Akema foi a primeira a vê-lo e correu para ele rapidamente.

– Você está ferido, meu príncipe? Ele te machucou?

– Não – disse T'Challa, ainda atordoado.

Zeke remexeu em sua bolsa e entregou uma garrafa ao amigo. T'Challa bebeu avidamente, riachos de água escorriam por seu queixo. Sheila o estudou atentamente. Ele percebeu que estavam lhe dando um minuto para se recuperar, e nenhum deles o bombardeou com perguntas logo de cara.

– Eu vi meu avô – ele finalmente disse.

Os olhos de Akema brilharam.

– Rei Azzuri?

– Sim – respondeu T'Challa.

– Ele ajudou? – perguntou M'Baku.

– O que ele nos disse para fazer? – acrescentou Sheila.

Mas T'Challa não respondeu imediatamente. Em vez disso, perguntou:

– Quanto tempo eu estive fora?

O sol estava se pondo agora, uma fina linha laranja no céu a oeste.

– Algumas horas – disse Sheila.

A noção de tempo de T'Challa foi distorcida. Suas pernas ainda estavam bambas. Ele tomou outro pequeno gole de água.

– Ele disse que precisávamos descobrir... e que ele não poderia interferir no mundo dos vivos.

M'Baku socou a palma da mão.

– Que bem isso faz? Precisamos de ajuda... agora!

– Eu sei – disse T'Challa. Então fez uma pausa. – A única resposta que ele teve foi nos encorajar a confiar em Bast.

– E foi isso? – Sheila perguntou.

– Sim – respondeu T'Challa.

M'Baku girou em um círculo e murmurou para o céu.

– Espere um minuto – disse ele. – Viemos até aqui, e você viajou para... sei lá onde e não obteve nenhuma resposta?

T'Challa não respondeu diretamente e apenas olhou para o amigo por um momento. Ele sentiu como se pudesse entrar em colapso.

– Melhor voltarmos – disse Akema.

Sheila pegou o braço de T'Challa, e juntos todos voltaram para o palácio.

Demorou pelo menos uma hora para a cabeça de T'Challa clarear. Enquanto caminhava, ele notou um brilho em tudo ao seu redor. Eventualmente, desapareceu, mas sua mente ainda estava atormentada com perguntas.

De volta ao palácio, todos se reuniram na residência de T'Challa. Todos tinham rostos abatidos. Zeke estava recostado em uma cadeira, meio adormecido. Shuri andava de um lado para o outro e roía uma unha. M'Baku sentou-se quieto e pensativo.

– Então – Shuri começou, sua voz baixa. – Como foi? Ver... o avô?

A memória já estava começando a desaparecer da mente de T'Challa, mas ele tentou se lembrar do sentimento.

– Foi estranho. Como uma espécie de sonho.

– Suponho que seja uma forma de projeção astral – disse Sheila. – Nunca pensei que algo assim realmente existisse, tipo, cientificamente falando.

T'Challa teve uma visão de areias negras e um céu lilás. A voz rica do avô ainda parecia perto de seus ouvidos.

– É real – disse ele. – Chame isso de sonho, projeção astral ou qualquer outra coisa. Tudo o que sei é que vi e conversei com meu avô, assim como estou falando com você agora.

Sheila recostou-se na cadeira.

– Incrível.

– Como era esse xamã? – Zeke perguntou.

– Estranho – disse T'Challa. – Não consegui desvendá-lo. Eu não tive muito medo dele, mas ele era... intenso.

T'Challa fechou os olhos. Ele precisava de respostas, mas também de descanso. O murmúrio de vozes soou pela janela. Vozes elevadas. Sheila pulou da cadeira.

– T'Challa. Você ouviu isso?

– O que está acontecendo? – T'Challa murmurou, a esperança de um momento de descanso frustrada.

Gritos ecoaram do lado de fora.

– O que...? – Shuri exclamou.

Akema disparou por uma curva e entrou na sala.

– Sigam-me! Agora!

Todos correram para a saída. Do lado de fora, T'Challa piscou. Uma multidão de wakandanos amontoava-se na rua, como se estivessem paralisados de medo. Levou um momento para T'Challa se concentrar no que estava vendo, mas seus olhos se desviaram para uma figura próxima, vestida toda de branco.

Era Tafari.

E ele não estava sozinho.

Duas... *criaturas* estavam com ele. Uma delas era uma serpente. E estava de pé, equilibrada em sua cauda, com escamas brilhando na luz pálida. Três braços se projetavam de cada lado do torso.

T'Challa sentiu bile no fundo da garganta.

Hoje nós os chamaríamos de demônios. Criaturas sobrenaturais tão antigas, que ninguém se lembra de seus nomes.

O professor Silumko também estava lá, ao lado de outra monstruosidade tirada dos pesadelos de crianças. Tinha a aparência de uma aranha, um aracnoide erguido sobre dois pés, com um emaranhado grotesco de pinças como armas.

– Bast nos salve – Shuri sussurrou.

Tafari estendeu os braços e girou em círculo, como se estivesse dando as boas-vindas aos convidados de uma apresentação.

– Contemplem! – ele bradou. – Os novos governantes de Wakanda!

A criatura cobra sibilou, e uma língua bifurcada saiu de sua boca.

– Não – Zeke murmurou, desviando o olhar. – Não.

T'Challa tentou fazer o mesmo, mas não conseguiu. Ele não podia acreditar no que estava vendo. Tentou se concentrar em Tafari e não deixar seu olhar vagar para as criaturas perturbadoras, os Antigos.

Os Antigos eram insuportáveis de olhar e tinham uma aparência assustadora: com chifres, guelras e penas; bicudos, com garras e língua bifurcada.

– T'Challa – Tafari chamou. – Tive uma epifania. Você gostaria de ouvir?

T'Challa não respondeu.

– Veja – Tafari continuou, falando com T'Challa e os outros, assim como com aqueles agachados de terror a vários metros de distância –, por um tempo, eu estava contente em deixar seus pais e os anciãos viverem, mantidos em um estado de eternidade atemporal, incapazes de despertar. Mas agora mudei de ideia, tudo por causa da sua... teimosia.

Ele fez uma pausa, e T'Challa e seus amigos esperaram.

Devo dizer a Akema para atacar?, T'Challa se perguntou. *Não, ouça-o primeiro.*

Tafari demorou, saboreando o momento.

– O que eu decidi fazer é levá-los a julgamento!

– Julgamento! – Shuri zombou. – Pelo quê? Você é quem será julgado!

Tafari balançou a cabeça.

– Ah, Shuri. Tão feroz para alguém tão pequeno.

Shuri murmurou baixinho.

– E qual é a acusação? – T'Challa conseguiu gritar.

Tafari sorriu.

– Traidores da nação.

T'Challa cerrou os dentes com raiva.

– Meu pai é o governante Pantera Negra e Rei de Wakanda! Você, Tafari, é o traidor!

A criatura aranha se contorceu, seus braços balançando em uma exibição grotesca.

– Ignore-me por sua conta e risco, T'Challa – Tafari o advertiu. – Mas eles serão todos julgados da mesma forma. Seu pai e os chamados Panteras Negras antes dele tomaram à força este país de seus habitantes originais. Mas a maré está virando. Eu os trouxe de volta para reivindicar o que é deles por direito e serei aquele que é recompensado!

– Você está louco – disse T'Challa.

– Talvez – Tafari respondeu calmamente. – Mas, se você não se ajoelhar diante dos Antigos, sua vida estará perdida, assim como a vida de seu povo. Então eu lhe pergunto: você vai dobrar o joelho? Escolha sabiamente, T'Challa.

T'Challa olhou para os wakandanos ainda imóveis e presos no lugar. Ele viu o terror e a apreensão em seus rostos. As crianças também estavam na multidão, agarradas a seus pais assustados. Um homem em particular se destacou. Ele era velho, assim como a mulher que estava com ele. Eles se abraçaram com força, como se tivessem medo de se perder se quebrassem o abraço.

T'Challa sofreu pensando no que fazer. Não podia deixar seu povo à mercê de Tafari, mas não tinha escolha. Ele era do Culto do Pantera e tinha sangue real. E não cederia.

Ele voltou o olhar para Tafari.

– Não me ajoelharei para nenhum homem! Apenas à própria Bast!

Naquele momento, uma das criaturas voou para trás e caiu no chão com um grito, seu couro monstruoso perfurado por uma lança mortal.

T'Challa virou a cabeça. Cebisa, uma das Dora Milaje, tinha acertado seu alvo.

– Não! – Tafari lamentou.

As criaturas ao redor de Tafari e Silumko gritaram em agonia, como se todas tivessem sentido a ferroada da Dora Milaje também, mas não avançaram.

– Que assim seja! – Tafari gritou. – Eu tenho a sua resposta.

T'Challa observou enquanto Tafari colocava as mãos em seu manto. Akema preparou sua lança, mas T'Challa levantou uma mão cautelosa.

A princípio, ele pensou que Tafari estava prestes a sacar uma arma e se agachou em uma posição defensiva, mas, em vez disso, Tafari ergueu dois objetos brilhantes. T'Challa estava muito longe para ver o que eram antes que Tafari os levantasse acima de sua cabeça e os juntasse.

Houve um momento de estranha quietude, e então, enquanto T'Challa e os amigos observavam, o ar ficou carregado e de repente se partiu onde Tafari e seus aliados demoníacos estavam. Era outro portal, repleto de energia azul rodopiante. Nuvens escuras e furiosas passavam por cima e trovões ressoavam à distância. Os prisioneiros wakandanos caíram no chão. E então o ataque mais terrível que T'Challa já tinha visto começou. Os indefesos wakandanos começaram a se mover em direção ao portal em um emaranhado de braços e pernas. Eles gritavam, arranhavam e agarravam o chão para se segurarem, mas não adiantou.

T'Challa correu para a frente.

– T'Challa, pare! – Shuri gritou, puxando-o para trás.

Ele congelou no lugar.

E assistiu enquanto seus companheiros wakandanos desapareciam no buraco que se escancarou do nada.

Tafari e os Antigos não estavam à vista.

CAPÍTULO VINTE E UM

De volta para dentro, T'Challa tentou acalmar os nervos de todos. Não parecia estar funcionando.

– Ele é muito poderoso! – Shuri disse.

– Eles simplesmente... desapareceram! – M'Baku acrescentou, com choque estampado no rosto.

– Irmãozão – Shuri começou. – Não tinha como você tê-los parado. Você teria sido sugado por aquele buraco negro também!

T'Challa não respondeu. Ele estava furioso por dentro. Seu povo acabara de ser sequestrado, e ele não foi capaz de impedir.

Você não é um príncipe. Você nunca será tão forte quanto seu pai.

Quem protegerá a nação agora que o poderoso Pantera Negra se foi?

T'Challa tentou com todas as suas forças manter a calma, mas seu coração disparou no peito. Cada lição que seu pai e sua mãe lhe ensinaram inundou seu cérebro, rápida demais para entender.

Zeke, que permanecia quieto, finalmente levantou a cabeça. T'Challa conhecia Zeke muito bem e, mesmo depois de todas as provações pelas quais passaram, nunca tinha visto o rosto do amigo tão abalado.

– O que eram essas coisas, T'Challa? Como algo pode ser tão...

– Nojento? – Sheila interveio.

Zeke balançou a cabeça lentamente. Seus olhos ficaram vidrados.

– O que podemos fazer? É... demais.

– Ele estava segurando algo nas mãos – disse T'Challa – antes de desaparecerem.

– O que poderia ser? – Sheila perguntou.

– Algum tipo de dispositivo de teletransporte – disse Shuri.

T'Challa vasculhou seu cérebro em busca de respostas. Simplesmente não fazia sentido.

Outro grito na esquina fez todos pularem dos assentos.

– Eles voltaram! – T'Challa sibilou, pulando da cadeira. Os outros seguiram seu exemplo. Shuri pegou um busto de pantera e o segurou em seu punho.

Mas não era Tafari.

Era Akema, segurando uma adaga na garganta de um homem. Seu rosto mostrava medo extremo.

– Meu príncipe – disse ele, estendendo os braços em sinal de rendição. – Por favor, diga a ela! Não quero fazer mal!

T'Challa olhou para Akema, que balançou a cabeça em recusa, a lâmina ainda no pescoço do homem.

Ele não poderia feri-los, T'Challa viu, não com a lâmina de Akema em sua garganta. O homem estava de mãos vazias e parecia prestes a desmaiar.

– Solte-o – disse T'Challa.

Akema puxou a lâmina de seu pescoço.

O homem imediatamente engasgou e agarrou a garganta, na qual, segundos antes, havia sentido o fio gelado de uma lâmina afiada e venenosa.

– Obrigado, meu príncipe – ele gemeu, quase caindo. – Obrigado.

– Fale! – Akema ordenou a ele.

Assim que pareceu recuperar alguma compostura, o homem se levantou completamente.

– Sim. Lamento incomodá-lo, mas há algo que você deve saber.

T'Challa examinou o homem com cautela. Ele parecia apavorado, seus olhos estavam brancos de medo.

– O que é?

O homem olhou para Zeke e Sheila e voltou-se para T'Challa.

– Os... invasores. Eu vi de onde eles vieram.

Shuri colocou o busto da pantera de volta no chão.

T'Challa se aproximou do homem e ficou perto dele.

– Qual é o seu nome?

– Eu me chamo Asefu, príncipe.

– Onde você viu isso, Asefu?

– Eu estava caminhando com meu filho. Estávamos perto do Vale dos Reis. Há uma floresta lá, príncipe, uma floresta. Eu vi uma luz nas árvores e... uma daquelas coisas saiu dela.

– Você tem certeza disso? – T'Challa o pressionou.

– Com certeza, meu príncipe. Era um dos que pareciam... uma serpente.

T'Challa se virou e olhou para seus amigos.

– Leve-nos até lá. Agora!

A noite estava caindo quando T'Challa e os outros seguiram Asefu. Akema ainda o observava com atenção. T'Challa já conhecia o caminho. Ele estivera lá com Zeke e Sheila poucos dias antes.

– O Vale dos Reis – Zeke disse. – Foi aí que M'Baku disse que os adoradores de Bast poderiam se transformar em panteras, certo?

– Sim – respondeu T'Challa. – Mas vai saber se é verdade.

– É verdade – disse M'Baku. – Meu pai... – Ele fez uma pausa e fechou os olhos por um momento. – Ele disse que seu avô uma vez viu um homem fazer isso. Bem diante de seus olhos.

– Eu acredito nisso – disse Asefu. Ele carregava uma bengala trançada e olhava ao redor com cautela enquanto caminhava.

T'Challa soube que Asefu tinha dois filhos em casa, esperando notícias do rei e da rainha.

– Eu estava lá, meu príncipe. No Festival dos Ancestrais –Ele fez uma pausa e engoliu em seco. – Os homens-cobra... O que são eles? De onde eles vêm?

T'Challa não queria ser evasivo, mas também não queria assustar ainda mais o homem.

– Eles são inimigos. Isso é tudo o que sabemos no momento.

– Mas vamos trazer seu rei de volta – disse Shuri. – Nosso pai e a rainha mais uma vez governarão a nação.

– Eu acredito, princesa – disse Asefu. – Glória a Bast, eu acredito nisso.

T'Challa sorriu um pouco ouvindo como este homem confiava que a paz seria restaurada. Eles estavam no vale novamente, com magníficos penhascos brancos de cada lado. Acima deles, no alto da montanha, ficava a lendária cidade de Bastet, que supostamente existiu.

– É bem aqui em cima – disse Asefu. – Ao virar aquela curva.

Asefu os conduziu a um denso matagal de árvores moringa, com seus troncos largos e nodosos subindo para o céu.

– Onde? – perguntou Shuri. – Onde você viu isso?

Asefu parou no meio do caminho e apontou, como se não quisesse ir mais longe.

– Bem ali.

T'Challa seguiu o dedo de Asefu. Havia duas árvores com cerca de dois metros de distância entre si. Os galhos retorcidos de ambas se encontravam e formavam uma espécie de arco. T'Challa cautelosamente deu um passo à frente.

– Espere – disse Akema, erguendo a mão. – Eu irei primeiro.

T'Challa assentiu, e Akema deu alguns passos em direção ao arco. Caminhou lentamente, os olhos examinando através da escuridão. Ela chegou ao local e olhou para a esquerda, depois, para a direita e voltou-se para T'Challa como se dissesse que estava tudo tranquilo.

T'Challa e os outros seguiram até que todos estivessem parados no arco. Um calafrio percorreu seu corpo.

– Está frio aqui.

– Eu também sinto – disse Sheila, esfregando os braços.

T'Challa olhou para o espaço entre as duas árvores. O ar parecia ondular, como uma cortina negra.

– Você disse que foi aqui que o viu? – ele falou, voltando-se para Asefu.

– Sim, príncipe – respondeu Asefu. – Havia uma luz, e o ar parecia se separar. Foi quando eu vi o homem-cobra. Ele passou, então nós corremos.

T'Challa estudou o chão a seus pés, procurando por qualquer sinal da presença da criatura. Akema fez o mesmo e até se ajoelhou para pegar o solo e estudá-lo.

– O que é isso? – Zeke disse, também se ajoelhando.

Todos se reuniram para dar uma olhada. O primeiro pensamento de T'Challa foi que era uma folha, mas não era.

– Oh Deus – disse Shuri, inclinando-se sobre o ombro de Zeke.

– O quê? – várias vozes perguntaram ao mesmo tempo.

O luar refletia o que Zeke tinha na mão.

– Parecem escamas de cobra – disse Shuri.

Zeke gritou ao largar as escamas e limpar as mãos.

– Que nojo!

T'Challa se ajoelhou e olhou mais de perto. Crescendo em Wakanda, ele conviveu com animais durante toda a sua vida.

– Acho que você está certa, Shuri – disse ele. – Isso é definitivamente uma escama de cobra.

– De um grande *homem-cobra* – acrescentou Zeke.

– Nojento – M'Baku murmurou.

T'Challa caminhou mais em direção ao espaço entre as duas árvores.

A primeira coisa que sentiu foi uma resistência, como se houvesse alguma força invisível bloqueando seu caminho. Ele se aproximou novamente e empurrou com as mãos, que estavam envoltas em ar frio.

– O que...? – ele disse, estendendo a mão e pressionando novamente. – Não consigo passar!

Akema foi a próxima a tentar. Ela caminhou para a frente e estendeu seus braços longos. Passou os dedos sobre a parede invisível, mas não conseguiu atravessar. Então levantou um pé e chutou, mas deu na mesma.

– Sinto uma energia ruim aqui – disse ela. – Algo não está certo.

– Deixe-me tentar – disse Shuri. Ela estendeu a mão e tentou empurrar o ar, mas encontrou uma parede sólida. – Estranho – sussurrou, recuando.

Por um momento, todos eles apenas pararam e olharam.

– Definitivamente algum tipo de portal – Zeke disse finalmente.

– Então é isso? – perguntou Sheila. – A porta para os Reinos Inferiores?

– A porta para *algum lugar* – disse T'Challa.

– E não temos a chave – acrescentou Zeke.

M'Baku olhou para a porta como se fosse um desafio.

– Vamos ver isso – ele se gabou. E correu a toda velocidade para o espaço entre as duas árvores.

– M'Baku, não! – T'Challa gritou.

Mas era tarde demais.

M'Baku voou um metro e meio para trás, como se tivesse sido baleado por um canhão, e caiu de costas. Suspiros soaram por toda parte. Akema quase riu. *Quase*.

– Você está bem? – Sheila perguntou, correndo para o lado dele.

– Aqui – disse T'Challa, estendendo a mão.

M'Baku agarrou a mão do amigo e se levantou.

– Ui – ele gemeu, tirando as folhas do cabelo. – O ombro dói.

Shuri virou-se para Sheila.

– Homens – ela disse categoricamente. Sheila balançou a cabeça concordando.

– Temos que encontrar uma maneira de entrar – disse T'Challa.

– Mas pode ser uma armadilha – Zeke sugeriu.

– Olhem! – uma voz gritou.

T'Challa se virou.

Era Asefu, apontando para a montanha.

T'Challa apertou os olhos na escuridão. Várias figuras podiam ser vistas de pé em um dos afloramentos, uma saliência irregular de pedra. Eram meras silhuetas, mas T'Challa podia ver distintamente a forma de uma delas. Não havia como confundir aquela forma horrenda. Um homem-cobra. Vários outros se juntaram a ele, alguns – certamente os discípulos de Tafari – vestindo branco, assim como os monstros que pareciam aranhas.

– É melhor voltarmos – disse T'Challa. – Não queremos ser vistos.

– Eu digo para lutarmos – disse M'Baku, esfregando o ombro.

T'Challa se virou para o amigo.

– Com o quê, M'Baku? Com o exército de quem? Não temos poder de fogo nem um plano. Atacá-los seria uma sentença de morte.

– Meu irmão está certo – disse Shuri. – Esse não é o caminho.

T'Challa se afastou da vista da montanha.

– Teremos que encontrar outra solução. Isso é tudo.

Mas, no fundo de sua mente, uma voz zombeteira perguntou: *Como?*

CAPÍTULO VINTE E DOIS

O grupo se reuniu na Biblioteca Real enquanto T'Challa tentava descobrir o próximo passo. Estavam todos exaustos. M'Baku foi persistente em seu plano de ataque.

– Eu digo para reunir todos os homens, mulheres e crianças que possam empunhar uma arma e lutar contra Tafari!

T'Challa não estava convencido.

– As pessoas estão com medo e assustadas, M'Baku. A última coisa que quero fazer é forçá-las a lutar. Você viu aqueles monstros. Nosso povo seria massacrado. Eles não são lutadores.

M'Baku socou a palma da mão com o punho.

– E a Tribo Jabari? Podemos pedir ajuda a eles. São guerreiros ferozes.

M'Baku sempre admirou e respeitou a tribo da montanha, e T'Challa sabia que o amigo tinha uma conexão especial com eles. O tio de M'Baku seguiu o caminho do Culto do Gorila Branco, e T'Challa frequentemente se perguntava se seu amigo se juntaria a eles quando atingisse a maioridade. Mas também lembrou o que Silumko havia dito sobre Tafari, que sua família era Jabari.

– Não – disse T'Challa. – Eles não vão interferir. Além disso, não quero que saibam que o palácio está vulnerável. Quem sabe o que eles podem tentar? Você sabe que eles desprezam meu pai.

M'Baku assentiu com relutância.

Sheila e Zeke ficaram sentados em silêncio, a preocupação evidente no rosto. Sheila parecia particularmente desapontada, pois em geral tinha um jeito de encontrar soluções, devido à sua habilidade nas ciências. Ela suspirou.

– T'Challa, talvez a resposta esteja em outro lugar.

T'Challa se virou para a amiga, assim como todos os outros.

Sheila juntou as mãos enquanto se sentava. O luar entrava pelo teto de vidro da biblioteca e banhava seu rosto.

– Seu avô – ela começou, levantando-se do assento. – Ele disse para pedir ajuda a Bast – ela fez uma pausa. – Você fez aquilo? Você pediu a ajuda dela para encontrar seus pais?

T'Challa ficou um pouco surpreso. Ele nunca tinha visto Sheila colocar qualquer fé real na oração. Ele sabia que a avó dela, dona Rose, era religiosa, mas não tinha certeza se sua espiritualidade havia passado para a neta.

– Eu sempre peço orientação a Bast – disse T'Challa. – Diariamente.

– Mas você realmente fez isso? – Sheila persistiu. – Quero dizer, realmente pediu ajuda?

T'Challa sentiu uma pontada de vergonha.

– Bem, acho que sim.

Sheila assentiu e começou a andar.

– Diga-me exatamente o que ele disse de novo. Seu avô.

T'Challa recordou a memória, embora a experiência real de sua visita ao outro mundo estivesse desaparecendo.

– Ele disse: "A resposta está em Bast".

– Bem, pergunte a Bast, então – Sheila exigiu. – Quero dizer, pergunte *mesmo*.

Shuri estudou Sheila com atenção.

– Sabemos rezar, Sheila. Você não pode dizer aos seguidores do Culto da Pantera como...

– Está tudo bem – interrompeu T'Challa. – Sheila está tentando ajudar, e eu preciso do lembrete.

Houve um momento de silêncio.

Eu realmente orei?, T'Challa se perguntou. *Ou apenas descartei a ideia?*

Shuri percebeu a angústia do irmão.

– O quê? – ela perguntou. – O que foi?

E foi então que ele se deu conta.

Poderia ser?, ele se perguntou. Um enigma, no qual as palavras significavam mais do que seu sentido inicial.

– Está lá – disse ele.

Rostos vazios o encaravam.

– Está lá o quê? – Zeke perguntou.

– A resposta está em Bast – T'Challa sussurrou.

– Hum... ok – disse M'Baku, inclinando a cabeça em preocupação. – Já sabemos disso.

– Você não vê? – T'Challa disse, como se estivesse à beira de uma grande descoberta. – Sheila me fez pensar sobre isso. *Realmente* pensar nisso. A resposta está *em* Bast. *Em* Bast. A resposta está dentro do Templo de Bast!

CAPÍTULO VINTE E TRÊS

– Dentro do templo? – Zeke arriscou.

– Que tipo de resposta poderia estar lá? – perguntou M'Baku.

– Eu realmente não sei – respondeu T'Challa. – Mas pelo menos tenho que tentar.

– Quer dizer *nós* temos que tentar – disse Shuri. – Eu irei com você, irmãozão. Pode precisar de ajuda. Sabe que sou mais inteligente do que você.

– Eu também – disse M'Baku, levantando-se. – Precisa de alguém para cuidar de você, certo?

– Não se esqueça de nós – Zeke interveio. – Se Sheila não tivesse mencionado aquela mensagem de seu avô em primeiro lugar, você poderia não ter pensado nisso.

T'Challa já sabia o que tinha que fazer. Só precisava dizer a eles. E estava certo de sua decisão.

– Vou sozinho – disse.

– Não – disse Shuri, balançando a cabeça em negação. – Não. Não. Não.

– Boa ideia – M'Baku sugeriu. – Shuri deve ficar para trás e…

– Você também não vai – disse T'Challa.

M'Baku parecia ter sido o último a ser escolhido para um jogo.

– Você não pretende ir sozinho, não é? – Sheila perguntou. – Somos uma equipe, T'Challa. Eu, você e Zeke. Lembra?

– Sim – disse Zeke.

– Não desta vez, pessoal – T'Challa disse a eles. – Desculpe. Não sei o que vou enfrentar lá, mas algo me diz que tenho que fazer isso sozinho.

Shuri cruzou os braços, desafiadora.

– Mais uma razão para irmos com você.

– É um templo – disse T'Challa com firmeza. – E, de qualquer maneira, não seria certo todos nós ficarmos perambulando por lá.

– Esse é um bom ponto – disse Zeke.

Shuri ainda não estava convencida.

– Irmã – disse T'Challa, colocando a mão em seu ombro. – Precisa ficar aqui, perto do palácio. Você é a princesa de Wakanda. Se alguma coisa acontecesse com você...

O silêncio que desceu pairou no ar como um peso morto.

– Estarei aqui para protegê-la – disse Akema. Ela estivera ouvindo todo o debate, silenciosa, mas atenta.

T'Challa lançou um olhar.

– Nós, do Culto da Pantera, recorremos a Bast em tempos de grande necessidade – ela disse. – Se agora não é o momento de procurar a ajuda dela, não sei quando será.

Um peso foi tirado dos ombros de T'Challa. Tinha certeza de que Akema exigiria ir com ele e não estava ansioso por uma discussão.

– Está resolvido, então – disse ele. – Vou embora de manhã. Todos nós precisamos descansar depois de hoje.

Seus amigos não puderam deixar de demonstrar alívio sabendo que eles tinham tempo para dormir. T'Challa olhou para cada um deles e, por último, para sua irmã.

– Eu vou ficar bem – ele começou. – Vejo todos vocês pela manhã.

Por mais que T'Challa desejasse, o sono reparador na verdade não veio. Em vez disso, ele parecia ter passado a noite acordando e voltando a dormir, o tempo todo acompanhado por visões de Tafari e dos Originários. Ele ficou feliz quando os primeiros raios de sol finalmente entraram pela janela.

Todos compartilharam uma refeição rápida antes da partida de T'Challa. Nenhum deles comeu muito, nem mesmo Zeke, cuja fome geralmente era insaciável. Circunstâncias terríveis costumam matar o apetite.

– Então, o que você acha que tem lá, T'Challa? – Zeke perguntou.

– Não sei, Zeke, mas preciso estar pronto para qualquer coisa.

– No Egito – Zeke continuou – algumas pessoas pensam que a Esfinge tem salas e compartimentos ocultos.

– Por *pessoas*, ele quer dizer teóricos da conspiração – acrescentou Sheila.

– É verdade! – disse Zeke. – Eu vi isso em um filme!

– E como se chama esse filme? – Sheila retrucou.

Zeke olhou para seus pés por um segundo e então olhou para cima.

– Ah, chamava *Conspirações... Ancestrais*.

M'Baku quase se engasgou com a risada. Sheila balançou a cabeça, divertida.

– Deveria usar seu traje – Shuri sugeriu, quebrando o clima leve. – Como você disse, não sabe o que vai encontrar lá dentro.

Os olhos de Zeke se iluminaram. Toda vez que mencionavam T'Challa vestindo o traje de pantera feito sob medida, ele ficava animado. Uma vez até perguntou ao amigo se poderia usá-lo. A resposta foi não, claro. O pai de T'Challa mandou fazê-lo especialmente para ele quando visitou os Estados Unidos pela primeira vez. Foi uma ideia perspicaz, pois T'Challa teve que usá-lo em algumas situações muito difíceis.

T'Challa esfregou o queixo.

– Não. Não acho certo, Shuri. Eu não sou o Pantera Negra *ainda*. – Ele olhou para Akema, que na verdade lhe deu um sorrisinho pela primeira vez. – Meu pai é. Não quero mostrar nenhum desrespeito em um lugar como aquele.

O rosto de Zeke baixou.

– Queria ver o traje – ele murmurou.

– Talvez haja outra chance – disse T'Challa. – Eu acredito que vai.

T'Challa se despediu enquanto se preparava para partir.

– Não há como nos comunicarmos – ele os lembrou –, não com a rede desligada.

– Estaremos com você em espírito, irmãozão – disse Shuri, jogando os braços em volta dele.

T'Challa congelou, com os braços estendidos, até que finalmente retribuiu o abraço.

Depois que eles se separaram, T'Challa se dirigiu a Akema.

– Alerte Cebisa e Isipho e fique em guarda. Tafari pode estar de volta, já que nós... matamos um de seus... monstros. Ele tem nosso povo como refém, e não quero fazer nada que ameace ainda mais a vida deles. Vigie e não perca minha irmã de vista.

Akema, sempre pronta para servir, levou o punho fechado ao peito e baixou a cabeça.

– Viaje com segurança, príncipe. E esperaremos seu retorno.

– É melhor você voltar – Zeke disse. Ele fungou, o que fez Sheila fungar também.

T'Challa sentiu seus olhos arderem, mas ignorou. Shuri cruzou os braços sobre o peito, e ele fez o mesmo, terminando com um aperto de mão que usavam desde que eram crianças.

– E você tem certeza disso? – M'Baku perguntou, com sua voz inabalável.

– Eu tenho – respondeu T'Challa.

– Espere um minuto – disse Zeke. – Afinal, onde fica esse templo?

Foi Akema quem falou primeiro.

– Existem monumentos para Bast por toda a nação de Wakanda.

Mas T'Challa conhecia um em particular. Era o maior e mais reverenciado, considerado o monumento mais antigo do país.

– Eu vou para aquele perto da Necrópole, onde estávamos antes.

Uma quietude desceu, como se um véu os separasse de repente.

– Volte em segurança – Sheila o incentivou. – Lembre-se do que seu avô disse: "A resposta está em Bast".

T'Challa assentiu, fazendo sua melhor cara.

– Obrigado, Sheila. Eu não teria pensado nisso se não fosse por você.

– É para isso que servem os amigos – respondeu Sheila.

Quando T'Challa saiu, o que seus amigos não ouviram foi um sussurro quando ele fechou a porta atrás de si:

– Bast me proteja.

CAPÍTULO VINTE E QUATRO

A resposta está em Bast.

O avô não me enganaria. Ele não faria isso.

Mas essa era realmente a resposta? Havia algo escondido dentro do Templo de Bast que poderia ajudá-los?

Enquanto caminhava, T'Challa começou a pensar sobre a porta invisível na floresta. O que seria necessário para entrar? Magia? Força bruta? E, quando e se o fizesse, como poderia resgatar seus pais e o povo de Wakanda? Todos esses pensamentos lutavam por atenção em sua mente, e ele tentou afastá-los.

Concentre-se na missão de agora. Um obstáculo de cada vez.

Com esse mantra na cabeça, ele acelerou o passo. O sol estava alto e brilhante, e T'Challa sentiu seu calor na nuca. Era um dia lindo, em total contraste com sua missão, sombria e possivelmente perigosa.

Pensou nos pais. Onde exatamente eles estavam? Eles poderiam sentir esse mesmo sol que se abateu sobre ele agora? Estavam com frio e com dor? T'Challa tentou se tranquilizar. Pelo menos eles estavam juntos e poderiam obter força um do outro. Tudo o que ele podia fazer era chegar até eles o mais rápido possível.

O sol brilhante foi bloqueado por nuvens escuras que passavam quando T'Challa se aproximou da Necrópole. As pedras e vigas pareciam ser um aviso ameaçador: *Não entre aqui.*

Ele andava devagar, não só por medo, mas por respeito aos mortos. Passou pelos sarcófagos verticais dos Panteras Negras do passado. Joias brilhavam em seus olhos, algo que ele não havia notado antes.

Um vento soprou, e uma leve chuva começou a cair. A nuvem escura havia se espalhado, e o céu de repente ficou encoberto. T'Challa esperava que não fosse um presságio do que estava por vir.

Ele viu os olhos primeiro. Olhos azuis, brilhando na luz cinzenta da tarde.

O templo.

Bast.

T'Challa lembrou-se daqueles olhos. Ele já os tinha visto antes. *Corra, Jovem Pantera. Corra.* Eram palavras que ele ouvira em outro mundo, onde Bast uma vez respondeu ao seu chamado.

Ele protegeu a cabeça do vento e da chuva e continuou avançando, o olhar focado no brilho daqueles dois orbes azuis à sua frente.

A chuva ardia em seu rosto, e suas pernas doíam. Mesmo tendo uma rotina de exercícios bem mais exaustiva, ele ainda sentia o estresse e o cansaço. Precisava de um descanso real, que pudesse refrescar sua mente e seu corpo. Mas não havia nada a fazer agora, a não ser seguir em frente.

Como a Esfinge no Egito, Bast estava agachada sobre as patas dianteiras, encarando qualquer ameaça corajosa o suficiente para entrar. T'Challa parou em frente à sua boca, o que o fez se sentir pequeno e insignificante. Era uma entrada, e os gigantescos dentes de pedra eram tão altos quanto ele. *Será que são afiados?*, ele se perguntou. *Agora não é hora de descobrir.*

De repente, as palavras de Sheila voltaram para ele: *Você pediu a ajuda dela para encontrar seus pais?*

T'Challa se ajoelhou e secou a garoa do rosto.

– Poderosa Bast – ele começou. – Protetora. Mãe. Deusa. Eu sou T'Challa, filho de T'Chaka. Você me ajudou antes, e agora venho a você novamente.

T'Challa engoliu em seco, e sua mente disparou com o que dizer a seguir.

– Seu... mensageiro – ele continuou – T'Chaka, filho do Rei Azzuri, o Sábio, está em perigo. Sua esposa, Ramonda, a rainha, também está em perigo. Nosso povo... *seu* povo... está em perigo mortal. Peço-lhe, Bast, mostre-me o caminho. Mostre-me o caminho que pode libertá-los desse... mal.

Ele permaneceu ajoelhado por um momento.

Isso foi o suficiente? Devo dizer mais?

Ele afastou o pensamento e se levantou.

– Que os Ancestrais me protejam – ele disse. E atravessou um espaço entre os poderosos dentes de Bast.

O ar frio e úmido o envolveu, e ele se lembrou da caverna de Zawavari. Balançou a mão na frente do rosto: a escuridão olhou para ele.

T'Challa pensou no pai e em todos os Panteras Negras antes dele. Então deu outro passo. E outro.

A resposta está em Bast.

Talvez Shuri estivesse certa, T'Challa pensou de repente. *Eu deveria ter usado o traje. Pelo menos seria capaz de ver melhor.*

Não, não seria certo, outra voz respondeu. *Você ainda não é digno do manto.*

T'Challa poderia *sentir* o espaço vazio ao seu redor. Era enorme. Ele não conseguia ver as paredes de nenhum dos lados por onde andava, mas podia senti-las. Caminhou devagar, colocando um pé na frente do outro, confiando que não pisaria de repente em um buraco e cairia para a morte.

– Quem entra neste solene Templo de Bast?

T'Challa congelou. Seu coração saltou no peito.

Era uma voz de mulher, firme e forte, e parecia vir de todos os lugares e de nenhum lugar ao mesmo tempo.

Ele examinou aquele lugar escuro, mas não viu nada. Respirou fundo.

– Eu sou T'Challa. Filho de T'Chaka, o Pantera Negra.

Sua voz parecia estrangulada na garganta, e um calafrio se instalou em seus ombros.

Uma luz apareceu ao longe.

E três figuras vieram em sua direção.

CAPÍTULO VINTE E CINCO

As figuras pareciam flutuar em direção a T'Challa, em vez de caminhar, com suas vestes varrendo o chão.

Em um movimento fluido, elas pararam a um metro e meio de distância. T'Challa observou a visão diante dele. A luz parecia irradiar de seus corpos, uma aura brilhante, cintilante. Dois homens, ambos com longos dreadlocks e rostos severos e pontiagudos, e uma mulher, mais alta que os homens, com olhos brancos penetrantes que não piscavam. Um colar de pequenos ossos envolvia seu pescoço. Em sua mão, ela segurava um instrumento que T'Challa tinha visto antes em um tributo cerimonial a Bast. A alça, que tinha cerca de trinta centímetros de comprimento, subia em um arco oval, e dentro desse arco havia várias hastes horizontais que sustentavam seis sinos achatados, os címbalos. Era chamado de sistro.

T'Challa ficou sem reação. Ele piscou. Percebeu que era difícil olhar para eles; difícil encontrar seus olhos, especialmente os da mulher, cujo olhar parecia atravessá-lo. As figuras eram tão formidáveis e intimidadoras, que T'Challa não sabia se deveria se curvar ou se ajoelhar. *Quem são eles?*

A mulher levantou o braço três vezes, tocando o sistro. Os sinos ecoaram nos ouvidos de T'Challa, e ele sentiu como se o som entrasse em seu corpo e reverberasse por todo o seu ser.

– Nós somos os Três – eles disseram em uníssono. – Guardiões do Templo. Por que você veio, T'Challa, filho de T'Chaka?

Eles leram minha mente!, T'Challa sussurrou na própria cabeça.

Ele engoliu e percebeu que sua boca estava seca como areia.

– Venho em busca de respostas. Wakanda está sob ataque. O rei e a rainha foram levados. – Ele lambeu os lábios. – Meu avô, Rei Azzuri, o Sábio, disse que a resposta está em Bast – ele fez uma pausa. – É por isso que eu vim.

Ele abaixou a cabeça, o que parecia ser a coisa respeitosa a se fazer na frente desses seres misteriosos. O silêncio pareceu durar uma eternidade.

– Somente aqueles que têm o sangue de Bashenga podem passar, T'Challa, filho de T'Chaka – disse a mulher.

T'Challa não sabia o que dizer. Ele sabia que seu pai vinha de uma longa linhagem de Panteras Negras, mas todos eles compartilhavam a linhagem de Bashenga? Só havia uma maneira de descobrir.

– Eu compartilho a linhagem – ele disse, sua voz confiante.

Os Três ficaram em silêncio, as expressões ainda impenetráveis.

– Muitos vieram e muitos foram rejeitados – a mulher disse. – O que você procura?

T'Challa estremeceu onde estava. Ele não sabia o que procurava. *A resposta* foi tudo o que seu avô disse.

– Estou aqui para ajudar meu povo – disse ele. – Qualquer... resposta que vocês derem seria... útil.

Um momento de silêncio se passou até que a mulher novamente sacudiu o sistro três vezes.

As orelhas de T'Challa estavam quentes, como se todo o seu sangue estivesse subindo para a cabeça.

– Venha – ela ordenou. – Siga.

Os Três se viraram em uníssono, e T'Challa os seguiu. Ainda estava escuro, mas a luz dos seres misteriosos iluminava o chão por onde ele caminhava. Ele olhou para as roupas deles. Todos usavam vestes folgadas marcadas com símbolos – os mesmos que ele vira gravados nos sarcófagos. Podia sentir o coração batendo no ritmo de seus passos. *Aonde estão me levando?*

– Para o lugar onde a verdade é revelada – foi a resposta.

T'Challa fechou os olhos por um breve momento. Era perturbador ter alguém dentro da sua cabeça. Ele queria esvaziar a mente, mas, por mais que tentasse, ainda assim ela disparava.

Os Três pararam em uma área onde ardia uma pequena fogueira. Não havia lenha nem combustível, apenas chamas que pareciam ter vida própria, acesas como num passe de mágica, com suas sombras trêmulas dançando nas paredes, agora visíveis, que pareciam ser de pedra.

Eles se viraram como um só, e T'Challa viu que a mulher agora segurava uma adaga brilhante na outra mão.

Ele engoliu em seco.

– Esta é a lâmina da Lança de Bashenga, o primeiro guerreiro abençoado pela todo-poderosa Bast. Se você é quem afirma ser, seu sangue será verdadeiro. Dê um passo à frente, T'Challa, filho de T'Chaka.

T'Challa tinha uma decisão a tomar. Ele poderia se virar e correr, fugir desse lugar estranho e tentar resolver o conflito de outra forma. Ou poderia ficar e aceitar o desafio, que era a escolha mais corajosa, mas menos certeira.

Respirou fundo. O ar frio encheu seus pulmões.

E então ele deu um passo à frente.

CAPÍTULO VINTE E SEIS

T'Challa não sentiu o corte na palma da mão aberta.

Houve uma sensação de frio e depois de calor, mas não de dor. Ele fechou a mão e sentiu o sangue escorrer pelo pulso.

– Fique perto do fogo.

T'Challa obedeceu imediatamente.

Um dos homens levantou as mãos, com as palmas abertas como se fosse rezar, e falou, com a voz tão profunda quanto os oceanos.

– Nós lhe imploramos, Bast. Mãe. Guerreira. Sábia. Bendito seja o primeiro guerreiro. Que seu sangue prove seu valor.

T'Challa engoliu em seco. Sua palma agora ardia, mas ele ainda a apertava com firmeza.

– Derrama teu sangue sobre o fogo – o outro homem disse com uma voz igualmente solene –, e a verdade será revelada.

Desta vez, T'Challa não parou para iniciar outra conversa interna em sua cabeça. Ele lentamente deu alguns passos hesitantes e abriu a mão sobre a fogueira. Pequenas gotas de sangue chiavam sobre a chama, transformando o fogo em um espectro de cores que ele nem conseguia descrever. Perguntou-se o que deveria acontecer, mas a resposta logo foi dada.

Trim!, o sistro tocou.

Enquanto olhava para o fogo, T'Challa viu, como se estivesse olhando para uma tela de Kimoyo, imagens começarem a dançar nas chamas.

Ele viu um homem com uma lança cercado por panteras.

Uma mulher com véu preto, os braços erguidos para o céu.

Uma figura humana com cabeça de gato, caminhando a passos largos por uma floresta de baobás. Ele viu rostos, muitos rostos, piscando diante de sua visão, rápidos demais para compreender.

Um borrifo de chama verde saiu do fogo, e as imagens se apagaram. Era novamente um fogo comum, embora aceso por meios invisíveis.

A respiração de T'Challa era alta em seus ouvidos.

Trim!, o sistro tocou.

– O primeiro teste mostrou que é verdade, T'Challa, filho de T'Chaka – veio a voz da mulher novamente. – O sangue do primeiro guerreiro corre em suas veias.

T'Challa fechou os olhos e suspirou de alívio. Ótimo, ele pensou. Mas qual era a resposta de que seu avô falou? Como isso poderia ajudá-lo em sua missão?

A mulher enfiou a mão nas vestes e retirou um colar. Ela se aproximou de T'Challa e o colocou em volta do pescoço dele. O colar continha uma garra branca brilhante e curvada com uma ponta afiada.

– O que é...

– Venha – disse ela, interrompendo-o. – Este é apenas o seu primeiro passo.

Mais uma vez, T'Challa seguiu as figuras fantasmagóricas.

T'Challa sentiu como se já tivesse percorrido toda a extensão do monumento, mas o espaço parecia se expandir à medida que eles se aventuravam. *Qual é o próximo?*, ele se perguntou. *Sem mais sangue, espero.*

Um súbito formigamento começou em sua palma. Ele olhou para a mão e piscou em descrença. A palma da mão estava lisa e sem cicatriz, como se uma lâmina não tivesse deslizado sobre ela momentos antes. Foi a imaginação dele? Isso realmente aconteceu? As imagens ainda ardiam em sua mente, o que quer que significassem.

Ele tocou a garra em volta do pescoço. O que era? O que fazia? Seria parte da resposta de que seu avô falou? É alguma coisa, T'Challa se assegurou. *Ele não me enganou.*

Eles chegaram a uma área onde o chão era como areia preta brilhante, o mesmo que T'Challa tinha visto no Plano Ancestral. Os grãos finos piscavam na escuridão como estrelas caídas na Terra. E naquele espaço havia um buraco. Um túmulo. T'Challa estremeceu e fechou os olhos com medo.

– Beba – as vozes mandaram, desta vez em uníssono.

T'Challa abriu os olhos.

A mulher estava diante dele, ainda sem piscar, os olhos nada mais que esferas brancas. Os ossos ao redor de seu pescoço chacoalharam. Um dos homens se aproximou e ofereceu uma tigela de madeira, e T'Challa a pegou.

– Beba – veio o comando novamente.

T'Challa segurou a tigela com as mãos trêmulas. Ele a levou aos lábios.

A primeira gota a atingir sua língua era quente e doce e lembrou a T'Challa o anis picante.

Ele ficou parado por um momento, esperando por outro comando, mas nenhum veio.

Abriu a boca para falar, mas, antes que pudesse dizer qualquer coisa, suas pernas cederam.

Ele atingiu o solo com força, mas não sentiu nenhuma dor. Teve a sensação de que estava sendo virado de costas. Estava cercado de terra. Ele a sentia no cabelo, nos braços descobertos, na boca. Sentiu a areia negra cobrindo-o, sufocando-o.

Estou sendo enterrado! Eu não consigo respirar!

Trim!, o sistro tocou.

E então veio a escuridão.

CAPÍTULO VINTE E SETE

T'Challa se viu em uma paisagem árida. A terra seca se estendia à sua frente. Apertou os olhos por causa da forte luz do sol e se lembrou de que havia caído em um poço aberto de areia preta, mas ali estava ele, caminhando e respirando. *Está tudo em minha mente?*

T'Challa quase entrou em pânico, mas de repente se lembrou de onde estava e por quê. Se esses Três misteriosos quisessem matá-lo, já o teriam feito. Ele tentou acalmar a mente. *Relaxe,* disse a si mesmo. *Foco. Eu sou T'Challa, filho de T'Chaka.*

Lentamente, ele sentiu seu batimento cardíaco voltando a um ritmo constante.

À distância, galhos finos como aranhas balançavam com um vento que ele não conseguia sentir.

O que é este lugar? O que há aqui para mim?

O chão sob os pés de T'Challa tremeu.

Ele tentou se equilibrar, mas não havia nada para lhe dar apoio, então quase caiu de joelhos.

Quando ele levantou a cabeça, uma figura estava caminhando em sua direção.

T'Challa fechou o punho. Era uma ameaça? Por que os Três o enviariam aqui para morrer?

A figura se aproximou, sua forma oscilando sob a luz do sol.

Algo era estranho na forma da pessoa – se fosse, de fato, uma pessoa. Fosse o que fosse, não tinha a cabeça de um humano, mas um longo bico preto de aparência mortal. T'Challa sentiu os pelos do pescoço se arrepiarem.

A cabeça era de um íbis, ave aquática que vira várias vezes perto de lagos e riachos, mas o corpo era humanoide. A figura – pessoa? – segurava um cajado curvo como um gancho, e seus olhos eram negros, assim como sua pele.

Ele encarou T'Challa, em silêncio. T'Challa não sabia o que fazer, então deu um leve aceno de cabeça, um sinal de respeito.

O ser disse algo em um idioma que T'Challa não entendeu. Mas nunca abriu sua boca bicuda. T'Challa o ouviu *dentro de sua cabeça.*

Venha, ele finalmente ouviu.

E T'Challa o seguiu.

O homem caminhava com um andar decidido, e T'Challa se lembrou de quando era um garotinho, caminhando com seu pai, cujas passadas eram tão longas que T'Challa precisava correr para acompanhá-lo. Ele não correu dessa vez – teria sido estranho em um lugar como aquele.

Foi silencioso. Mortalmente silencioso. E quente. Um sol nebuloso flutuava entre as nuvens entremeadas. T'Challa teve um desejo repentino de água. Sua garganta estava seca.

Onde ele está me levando?

O homem era grande, com ombros largos e pernas como troncos de árvore. Ele usava sandálias, um colar dourado curvo em volta do pescoço, largo o suficiente para ir de ombro a ombro, e punhos azuis em torno de seus pulsos e bíceps.

T'Challa teve uma lembrança repentina dos Orixás. Este era Thoth! Ele deveria ter reconhecido imediatamente, mas seus sentidos estavam sobrecarregados.

Estou na companhia dos deuses?

Finalmente, eles chegaram a um riacho de correnteza rápida. Thoth parou e se virou. T'Challa estremeceu diante de uma divindade tão poderosa. Ele ouviu uma voz dentro de sua cabeça que dizia:

Eis que eu sou o Deus-Pássaro; Íbis, o Invencível; o Senhor das Palavras Divinas. Beba do rio, T'Challa, filho de T'Chaka. Beba e seja purificado se sua alma for verdadeira. Mas cuidado: para quem não é verdadeiro, a água se tornará cinzas na sua boca.

O eco das palavras de Thoth parecia soar no ar ao redor de T'Challa.

Thoth apontou seu cajado em forma de gancho para o rio.

Isso não é tão difícil, T'Challa pensou. *É apenas água.*

Mas o sinistro aviso de Thoth ficou preso no fundo de seu cérebro.

. . . se tornará cinzas na sua boca.

T'Challa ajoelhou-se na beira do rio. Sentiu o ar frio na nuca. O ar era rico em perfume, e ele não tinha certeza se vinha de Thoth ou do próprio rio. Era o cheiro de um mundo antigo, de mirra e fumaça de madeira; romã e lavanda; papiro crivado de traças e o cheiro pungente de lírios em flor.

T'Challa colocou as mãos em concha no riacho. Estava gelado. Ele podia sentir antes mesmo de chegar a seus lábios.

Ele levou as mãos em concha à boca. E bebeu.

Uma dor lancinante rasgou seu estômago. Ele caiu para trás, atordoado.

– Não! – ele resmungou. – O que está acontecendo? – Ele tossiu e cuspiu água de seus pulmões.

Thoth estava parado sobre ele, como se esperasse, sua sombra cobrindo completamente o corpo de T'Challa.

A tosse de T'Challa desapareceu. Ele respirou profundamente e olhou para a grande figura que se elevava sobre seu corpo.

Beber do Rio da Morte e viver é um presságio de uma alma pura. Levante-se, T'Challa, filho de T'Chaka.

Thoth estendeu um longo braço, que, para a cabeça rodopiante de T'Challa, parecia maior que a vida. Ele viu um anel brilhante em um dedo...

Trim!, o sistro tocou.

T'Challa respirou fundo. Ele se endireitou.

Estava de volta ao ventre de Bast. Os Três ficaram em silêncio, como se nunca tivessem se movido. *Há quanto tempo eu fui embora? Onde eu estava?*

Ele limpou a areia preta do rosto e esperou que sua respiração se estabilizasse. Algo brilhou no canto de sua visão. Um anel rodeava o dedo indicador de sua mão esquerda. Um olho decorativo, brilhante como uma pincelada, com uma pedra verde no centro.

O anel de Thoth. Como?

– Há mais um julgamento, T'Challa, filho de T'Chaka – as vozes soaram. – Chegou a hora da chama.

CAPÍTULO VINTE E OITO

T'Challa não tinha percepção do tempo. Noite ou dia, meio-dia ou meia-noite. Ele não se lembrava de quando tinha entrado no Templo de Bast. Mas sabia que tinha. Agora não sentia fome nem sede, apenas cansaço, como se pudesse cair onde estava e dormir pelo resto de seus dias.

Mas os Três tinham outros planos.

Mais uma vez, T'Challa os seguiu.

Ele tinha um anel e um colar de garras. Certamente essas coisas eram necessárias para ajudar a resgatar seus pais, mas como?

T'Challa seguiu os... O que eles eram? Captores, guias, espíritos? Ele não tinha certeza. Até então, não o tinham machucado, mas seus olhares graves e comportamento ainda o deixavam abalado.

A sala para a qual o conduziram era um longo corredor, onde, bem no fundo, havia uma cadeira. Era mais como um trono, T'Challa percebeu. O encosto era cravejado de pedras preciosas. A parede atrás dele mostrava esculturas de uma grande batalha. T'Challa quase podia ouvir o trotar dos cavaleiros atacando e as cornetas sendo tocadas. Ele se aproximou, tentando distinguir os detalhes da tapeçaria de pedra.

– Onde foi essa batalha? – ele perguntou, virando-se.

Os Três haviam desaparecido.

Ele se voltou para a tapeçaria.

E viu um homem com cabeça de fogo sentado no trono. Ele segurava um grande bastão flamejante em uma das mãos. O calor chegou aonde T'Challa estava, e ele sentiu como se suas sobrancelhas estivessem chamuscadas. Ele mal conseguia se concentrar no homem na frente dele, porque o fogo em seu corpo era muito brilhante.

Não pode ser. Como isso é possível?

Um espaço escuro dentro da chama, que T'Challa interpretou como uma boca, se abriu, e o homem se levantou.

– Venha, T'Challa, filho de T'Chaka. Venha e fique diante da minha chama.

T'Challa queria fugir desta vez. Isso já era demais. Ele estava assustado, e suas pernas tremiam ao ver a figura de cabeça de fogo.

Mas algo o levou adiante.

Talvez fosse a força que sua mãe e seu pai haviam instilado nele.

Talvez fossem seus amigos em casa, esperando e confiando em seu retorno.

Ou talvez fosse a vontade que ele havia encontrado dentro de si para cumprir essa tarefa, de uma vez por todas, e voltar para a terra dos vivos.

Ele deu um passo à frente. E outro.

O calor era quase insuportável.

Ele apertou os olhos enquanto se aproximava, deixando-os quase completamente fechados. Não havia fumaça, apenas um calor vermelho, mais brilhante que o sol.

T'Challa estava diante do homem com a cabeça em chamas. A estranha figura estava adornada com uma armadura de batalha da cintura para baixo. T'Challa não conseguia ver o que mais ele usava, porque olhar para aquele rosto seria a morte certa, ele presumiu.

A boca de fogo se abriu novamente, e o calor era como o de uma fornalha alimentada com carvão.

Eu sou Kokou, o Sempre Ardente, Deus da Guerra. Pegue o cetro da minha mão e eu te livrarei deste lugar. Se sua alma for verdadeira, você não temerá nenhum mal.

T'Challa enxugou o rosto com as costas da mão. Sua respiração era rápida, e seus olhos lacrimejavam.

Kokou, outro dos Orixás. Como isso está acontecendo?

Apenas pegue o cajado – o cetro. Eu estou bem até agora. Este é apenas mais um teste. Isso é tudo. Outro teste. Outro teste... outro...

T'Challa fechou os olhos e estendeu a mão para o cajado.

Esperou que o fogo o consumisse, que transformasse sua mão em cinzas, incendiasse seu corpo, mas a chama era fria. Ele abriu os olhos no exato momento que a chama do cetro se extinguiu.

Vozes soaram atrás de T'Challa. Ele se virou.

Eram os Três novamente.

– Você passou nos testes, T'Challa – disse a mulher. – Venha. Fique diante de nós.

Desta vez, T'Challa avançou sem hesitar.

– Com a Garra de Bast, você perfurará o véu entre mundos – disse um dos homens.

– Com o Olho de Bast, você verá o além – disse o outro.

– Com o Cetro de Bast, seus inimigos fugirão diante de você – disse a mulher de olhos brancos.

T'Challa olhou para os seres sobrenaturais.

– Quem... quem são vocês?

– Nós somos os Guardiões do Templo, Guardiões da Garra de Bast, que é o que você usa agora. Três pedaços que vieram de um, abençoados pela todo-poderosa Bast.

T'Challa estendeu a mão e sentiu a garra em volta do pescoço. O anel brilhou em sua visão periférica. E o cajado que ele tinha na mão era forte.

– Vá agora – disse a mulher. – Wakanda está chamando você, Jovem Pantera. Derrube seus inimigos, pois eles trouxeram o mal sobre a terra. Eles são os Anansi e os Simbi, a aranha e a cobra, nossos antigos algozes. Sele-os nos Reinos Inferiores e tranque o portão. O momento virá apenas uma vez.

E então, com uma voz forte que parecia abalar as próprias paredes do templo de Bast, eles gritaram:

– *CORRA!*

CAPÍTULO VINTE E NOVE

T'Challa protegeu os olhos com a mão. Manchas dançavam em suas vistas.

Quanto tempo eu estive fora?

Ainda era dia, e as nuvens escuras haviam passado. Mas ele não se lembrava de ter saído do templo. Simplesmente estava fora de lá, como se tivesse sido transportado magicamente.

Levou um momento para T'Challa se firmar, e ele se sentiu inseguro de seus passos. Mas, com o cetro na mão, seguiu em frente. O anel no dedo e a garra em volta do pescoço brilhavam à luz do sol. Se alguém o visse, pensaria que ele era um xamã ou feiticeiro.

A Garra de Bast. O Olho de Bast. O Cetro de Bast. Esses três totens seriam usados para alcançar os Reinos Inferiores. Tudo o que ele tinha que fazer era descobrir como.

T'Challa refletiu sobre o que acabara de passar. Ele conheceu os Orixás. Os *Deuses*. Thoth. Koku. Mas e os outros? Eles também estavam naquele lugar, mas escondidos de sua visão? Ele provavelmente nunca saberia. Passou por algumas pessoas que nem sequer lhe deram uma segunda olhada. Olhou para suas roupas e percebeu que estava coberto de sujeira. Havia uma marca de queimadura em sua camisa. Não parecia exatamente um Príncipe de Wakanda naquele momento.

O suor escorria de sua testa conforme ele se aproximava de casa. Esperava que seus amigos e irmã estivessem seguros. Eles provavelmente estavam muito preocupados agora. Quando chegou ao palácio, sua garganta estava seca, e sua língua, inchada.

– Estou de volta – disse ele, e então desmaiou.

Os amigos de T'Challa se reuniram ao seu lado. Ele estava deitado, descansando e começando a se dar conta de que havia experimentado algo que poucos jamais experimentariam. Ele teve que contar a história duas vezes para que todos entendessem completamente. Os olhos de Akema estavam arregalados de admiração enquanto ele falava. Para o choque de T'Challa, ele havia ido há mais tempo do que pensava.

– O que você quer dizer? – ele perguntou. – Voltei hoje, no mesmo dia que saí.

Sheila e Zeke trocaram olhares.

– Isso foi ontem, T'Challa – disse Sheila. – Você ficou fora por um dia inteiro. Akema já estava escalando as paredes, prestes a sair à sua procura antes que você voltasse.

Akema concordou com a cabeça. A cabeça de T'Challa girou. *O dia inteiro?* Ele não podia acreditar.

– Bem – Zeke disse –, você está de volta agora e seguro. Isso é tudo que importa.

T'Challa soltou uma respiração cansada. O anel ficou em seu dedo, e a garra, em volta do pescoço. O cetro estava ao lado de sua cama. Ele nem tinha certeza se outros podiam tocá-los, então eles ficaram longe.

M'Baku olhou os objetos com cautela.

– Então, o que eles fazem? – ele perguntou.

– Eles têm poderes especiais? – Zeke perguntou, animado.

– Sim – respondeu T'Challa. – Mas não tenho certeza de como usá-los.

– Estou mais interessado nos seres que você viu – disse Shuri. – Você realmente acha que eles eram os Orixás?

Uma imagem de chamas e fumaça brilhou na cabeça de T'Challa. Ele olhou para a palma da mão, ainda lisa e sem cicatriz. *Eu sou o Sempre Ardente*, disse um. *Eis que eu sou o Deus-Pássaro; Íbis, o Invencível*, outro lhe disse.

– Eles eram – disse ele. – Eu sei que eles eram. Quem mais eles poderiam ter sido?

Ninguém tinha uma resposta.

T'Challa fechou os olhos. Ele não tinha percebido como estava verdadeiramente cansado.

– Os Três, eles... disseram outra coisa também.

Todos os olhos caíram sobre ele.

– Eles disseram que esses Originários são chamados de Anansi e Simbi – a aranha e a cobra – e que foram seus algozes no passado. Disseram para selá-los nos Reinos Inferiores e trancar o portão.

Houve um momento de silêncio.

– Tranque o portão – Sheila sussurrou.

– Eu não tenho ideia de como fazer isso – confessou T'Challa.

– Talvez uma das... coisas que eles te deram – Zeke cogitou. – Talvez elas possam ser usadas para fazer isso.

– Espero que sim – disse T'Challa. – Em nome de Bast, espero que sim.

Ele mudou de posição na cama. O sono o tentou. Mas ele não podia.

Agora não. Ele se levantou.

– Príncipe – Akema começou, sua voz repentinamente tensa. – O que você está fazendo? Aonde você está indo?

– Vou resgatar nosso povo.

– Sem mim você não vai – Akema disse e, então, cautelosamente: – Meu príncipe.

– Você precisa descansar primeiro, T'Challa – disse Shuri. – Cabeça confusa não pensa direito, lembra?

– Boa – M'Baku acrescentou.

T'Challa olhou para seus amigos. Seus rostos eram sombrios. Ele pegou o cetro e se dirigiu para a porta.

– Não desta vez – disse ele. – É hora de vestir o traje.

CAPÍTULO TRINTA

T'Challa tirou o traje de pantera de uma caixa forrada de veludo. Ele passou os dedos pelo tecido. Era feito de uma malha de vibranium que, se olhada de perto, parecia ter um padrão de favo de mel. Ele só tinha usado duas vezes antes. Uma vez em Chicago e outra no Alabama. Agora ele ia usá-lo em Wakanda.

O que quer que o esperasse nos Reinos Inferiores era melhor que fosse enfrentado com a proteção do traje. Ele o vestiu e se olhou no espelho. Memórias voltaram rapidamente – uma batalha com um demônio em um covil subterrâneo; lutando contra o Reverendo Doutor Achebe em uma mina abandonada no Alabama. O traje de pantera caiu bem nele, como se estivesse esperando que o vestisse novamente. Era como mergulhar em fitas de seda preta, macias, mas fortes.

O traje era uma maravilha da tecnologia wakandana. Absorvia energia cinética, armazenando a força de um golpe para ser redirecionada a um oponente. T'Challa ficou na frente do espelho.

– Estou indo atrás de você, Tafari.

Zeke sorriu quando viu o amigo entrar na sala.

– É disso que estou falando! – ele meio que gritou, mal conseguindo conter sua excitação.

Akema olhou para Zeke com uma expressão impassível. Zeke murchou.

– Só estou dizendo – ele sussurrou.

T'Challa deu um sorriso fraco e balançou a cabeça. Akema estudou T'Challa com atenção.

– Combina com você, meu príncipe – disse ela. – Vestido como um herdeiro do trono.

T'Challa exalou.

Shuri e os outros também estavam preparados. As manoplas de vibranium estavam travadas nas duas mãos de Shuri. Se alguém olhasse para elas de frente – como um inimigo faria –, veria duas panteras rosnando, com olhos vermelhos prestes a liberar uma explosão de energia sônica.

– O que você acha, irmãozão? – ela perguntou. – Espere até aqueles homens-cobra receberem uma explosão disto!

– Onde você conseguiu isso? – T'Challa perguntou, surpreso.

– Eu dei a ela – disse Akema. – Se isso é realmente uma guerra, devemos estar preparados.

– Sim – disse Shuri. – Eu sei como eles funcionam.

Um raio azul explodiu de uma das manoplas e deixou um buraco fumegante na parede.

– Não tenho certeza se é uma boa ideia – Zeke murmurou.

M'Baku caiu na gargalhada.

T'Challa olhou para o buraco fumegante do tamanho de uma toranja.

– Certo – disse ele.

Akema correu para Shuri e mostrou-lhe os botões para a técnica de disparo adequada.

– Fácil – disse ela. – O botão de ignição é sensível ao toque. Nunca aponte a menos que esteja preparada para usá-lo.

T'Challa estava dividido. Ele sabia que as manoplas eram uma arma poderosa, mas não tinha certeza se sua irmãzinha deveria estar no meio da batalha se chegasse a esse ponto. Ele lançou um olhar cético.

– O quê? – ela disse, defensiva. – Não me diga que você não quer que eu lute! Porque, com Bast como minha testemunha, eu vou!

– Não posso discutir com isso – Zeke disse, admirando as manoplas.

– Precisamos de todas as defesas que pudermos reunir – acrescentou M'Baku. Ele estava segurando uma lança com uma ponta brilhante. – Peguei isso quando você se foi. Pertence a minha mãe. Ela chama de Assegai. Você sabe como ela é feroz, T'Challa.

– Ela é uma grande lutadora – disse Akema. – Nós, Dora Milaje, conhecemos suas habilidades.

M'Baku sorriu.

T'Challa não pôde deixar de sorrir.

– E nós? – Zeke perguntou. – O que vamos usar?

– Sim – acrescentou Sheila. – Tem que haver algo que nós podemos fazer para ajudar.

– Também pensei nisso – disse Shuri. Ela tirou as manoplas – com cuidado – e vasculhou em uma bolsa de couro.

T'Challa olhou com curiosidade. *O que ela está fazendo agora?*

Shuri puxou uma bolsa de pano. Desamarrou o cordão e enfiou a mão lá dentro. T'Challa observou enquanto ela recuperava vários pequenos discos ovais pretos.

Os olhos de T'Challa se iluminaram.

– Essas são as contas eletromagnéticas do papai!

– Elas costumavam ser – disse Shuri, sorrindo. – Eu desativei o mecanismo de pulso eletromagnético, e agora são pequenas bombas!

T'Challa e todos na sala congelaram. Ele deu um passo à frente.

– Shuri...

– Ah, não se preocupe – disse Shuri. – Elas precisam acertar alguma coisa para a carga detonar.

– Legal – Zeke sussurrou, um brilho malicioso em seus olhos.

– Apenas – T'Challa começou – sejam muito, muito cuidadosos, pessoal.

Shuri entregou as contas a Zeke e Sheila.

– Não se preocupe por elas estarem no seu bolso. Elas devem ficar bem.

T'Challa fechou os olhos em resignação.

– Então – Sheila disse, estudando uma das pequenas contas. – Como, exatamente, você hackeou isso?

T'Challa bebeu vários copos de água antes de partirem. Ele estava incrivelmente cansado, mas seus companheiros wakandanos precisavam de sua ajuda. A hora de agir era agora, cansado ou não. Todos se reuniram em torno dele.

– Ouçam – disse ele. – Primeiro vamos até aquela porta invisível na floresta para ver se encontramos uma maneira de entrar.

Assim que falou as palavras, percebeu o quanto elas soavam absurdas. Eles realmente poderiam fazer isso? Como sabiam se aquela porta invisível era realmente uma entrada? E, se fosse, como esperar que recuperassem seus pais e os outros? Se fosse seguro o suficiente para aprisionar os Originários por gerações, como T'Challa, Akema e algumas crianças poderiam tirar seus pais de lá? Ele olhou para o anel em seu dedo e tocou o colar com a Garra de Bast. *Com isto, espero. Com isto.*

T'Challa estudou sua irmã e amigos. Shuri estava armada com suas manoplas, e M'Baku tinha a lança de sua mãe. Akema também tinha sua própria lança de confiança, junto com um escudo vibranium e adagas em cada dobra de seu uniforme. Ela havia dado a ordem a Cebisa e Isipho para ficarem alertas e vigiarem o palácio. Elas até recrutaram vários adultos leais e os muniram com armas, bloqueando a entrada e posicionados em pontos importantes da cidade. T'Challa ficou feliz em ouvir isso. Quem sabia onde Tafari apareceria a seguir? Já tinha visto como ele poderia aparecer e desaparecer em um instante. Como ele fez isso?

Zeke e Sheila tentavam parecer corajosos, mas T'Challa podia ver que estavam tão nervosos quanto ele.

Akema chamou a atenção de T'Challa e a manteve.

– Wakanda para sempre! – ela gritou e bateu sua lança contra seu escudo.

E todos eles repetiram o grito.

CAPÍTULO TRINTA E UM

O céu da tarde ameaçava chover, e nuvens raivosas surgiram a leste enquanto T'Challa liderava o caminho para a porta invisível. Todos estavam quietos, sabendo o que os esperava. T'Challa observou as ruas enquanto caminhavam. Ele sentiu como se a capital estivesse caindo aos pedaços. Os trens maglev estavam parados nos trilhos, imóveis. Os relógios foram parados. Vibranium era um recurso que não era usado apenas como defesa pela nação, mas também alimentava a tecnologia do dia a dia, como relógios, dutos de aquecimento e ar-condicionado. Como Tafari derrubou o sistema?

T'Challa não podia pensar nisso agora. Ele só tinha espaço em mente para um problema de cada vez, e resgatar seus pais era o mais importante.

T'Challa usava uma capa leve para não chamar a atenção para si mesmo no traje de pantera, embora as ruas estivessem quase vazias. Pichações não eram algo que alguém normalmente veria em Wakanda, mas T'Challa e os outros notaram vários edifícios com mensagens escritas à tinta transmitindo diferentes preocupações:

GLÓRIA A BAST, VAMOS SOBREVIVER!

ONDE ESTÁ O PANTERA NEGRA?
DAS CINZAS VAMOS RENASCER!

E algumas, de forma alarmante, apoiavam Tafari e sua cruzada:

VIBRANIUM É UMA MALDIÇÃO!
É HORA DE UMA NOVA REVOLUÇÃO!

T'Challa aprovou as proclamações sem comentários.

Ele deveria ter feito mais, pensou. Deveria ter se dirigido à nação mais de uma vez. Precisavam de um líder, e, até agora, ele havia falhado com eles.

QUEM VAI PROTEGER A NAÇÃO AGORA
QUE O PODEROSO PANTERA NEGRA SE FOI?

Eu vou compensar, T'Challa prometeu. *Eu verei nossa nação forte mais uma vez.*

– Conte-me mais – disse Sheila, tirando T'Challa de seus pensamentos – sobre o que você passou.

T'Challa sentiu como se a memória disso já estivesse desaparecendo, mas ele procurou dentro de sua mente o que mais poderia lembrar.

– Foi a coisa mais estranha que já experimentei, Sheila. Os Três... nunca soube quem eram. Eles apenas disseram que eram os Guardiões do Templo e Guardiões da Garra de Bast, três pedaços que vieram de um.

T'Challa fez uma pausa e tentou se lembrar de mais.

– Eles pareciam... antigos de alguma forma, como se estivessem no mundo há gerações. Quando eles não estavam falando, eu os ouvia dentro da minha cabeça.

Ele ficou em silêncio.

– Que bom que você foi – disse Sheila. – Eu sei que foi difícil e que você se arriscou ao ir lá, mas voltou com respostas.

– E algumas coisas legais – acrescentou Zeke, que se esgueirou ao lado deles.

T'Challa conseguiu dar um sorriso.

– Há algo que eu queria perguntar – Zeke começou –, mas não queria jogar muita coisa em você assim que voltasse.

– Tudo bem – disse T'Challa. – O que é?

– Aquele anel. O Olho de Bast, como você o chamou. Acha que ele tem poderes especiais? Tipo... hum... transformar você em uma pantera?

T'Challa quase riu. Ele não tinha certeza se era um mito ou não, mas, depois de ver os Três e conhecer os Orixás, percebeu que tudo era possível.

– Não tenho certeza, Zeke. Acho que teremos que ver.

Zeke franziu a testa.

– Porque, sabe, se você não quiser mexer com isso, eu poderia...

– Não, acho que não, Zeke – disse T'Challa, interrompendo-o.

Sheila riu e balançou a cabeça em descrença.

– O quê? – Zeke reclamou, jogando as mãos para cima.

Mais uma vez eles foram para o vale. Os picos ondulados e pontiagudos e os afloramentos de pedra pairavam acima deles. T'Challa não viu silhuetas de homens-cobra desta vez.

– Fiquem em guarda – Akema alertou o grupo. – Nós os vimos no topo da montanha da última vez. Eles podem ser capazes de nos ver a esta distância.

Atendendo ao aviso de Akema, eles avançaram na floresta ao longo de uma fileira de árvores que bloqueava a visão da montanha.

– Não falta muito agora – disse Shuri.

T'Challa respirou fundo e seguiu em frente.

Lembrou-se do homem, Asefu, que lhe mostrou a porta misteriosa. Ele disse que tinha dois filhos em casa esperando a volta do rei. *Não vou decepcioná-lo, irmão Asefu.*

O pavor tomou conta de T'Challa quando ele viu as duas árvores à sua frente. O arco de galhos ainda estava lá, esperando...

Akema preparou sua lança.

Shuri apertou um botão em suas manoplas, e elas aceleraram com um zumbido.

M'Baku se agachou com a lança de sua mãe, o olhar focado e alerta.

Sheila e Zeke, os melhores amigos de T'Challa – amigos que ficaram ao seu lado todas as vezes –, agarraram os pequenos sacos de detonadores, tentando ao máximo parecer corajosos, apesar de suas mãos trêmulas.

E o próprio T'Challa, o jovem príncipe de Wakanda, se posicionou imponente – a Garra, o Olho e o Cetro de Bast a postos.

– Vamos lá – disse ele.

CAPÍTULO TRINTA E DOIS

T'Challa tentou se lembrar do que os Três lhe disseram. Era a única coisa que ele realmente lembrava com clareza:

Com a Garra de Bast, você perfurará o véu entre os mundos. Com o Olho de Bast, você verá o além. Com o Cetro de Bast, seus inimigos fugirão diante de você.

Ele tocou a garra em volta do pescoço.

– "Perfure o véu entre os mundos" – disse ele. – Tem que ser isso!

– O quê? – Zeke e Sheila perguntaram ao mesmo tempo.

– Esta garra – disse T'Challa. – Acho que vai abrir a porta.

Ele deu uma última olhada em seus amigos, parando em Akema.

– Não tenho certeza do que vai acontecer, mas não acho que os Três me enganariam. Estejam todos prontos.

Ele removeu a corrente do pescoço e segurou a garra entre os dedos, com a ponta afiada voltada para a frente.

– Aqui vai – ele disse, enquanto estendia a mão para o espaço entre as árvores.

Um forte vento agitou os galhos mais altos acima deles. Todos ficaram tensos, olhando ao redor com cautela.

– Olhem! – Zeke gritou, apontando para a montanha.

Ao longo da borda do afloramento, dezenas de Simbi e Anansi foram reunidos. Um trovão estalou, e então várias coisas aconteceram ao mesmo tempo.

Um estalo alto, como dois objetos batendo um no outro, soou nos ouvidos de T'Challa, acompanhado por um flash de branco na montanha. A próxima coisa que T'Challa notou foi que Tafari e vários dos Originários estavam a apenas alguns passos de distância, como se tivessem se materializado do nada.

– Como diabos...? – T'Challa começou.

Mas não havia tempo para parar e pensar nisso.

– Fiquem alertas – ele sussurrou.

Um dos homens-cobra sibilou como antes, estalando a língua bifurcada.

Tafari parou a poucos passos de T'Challa e olhou para Zeke, Sheila e os outros com desdém.

– Eu lhe dei uma chance, T'Challa, mas você derramou o sangue de um dos Antigos. Isso não pode ficar impune. – Ele voltou seu olhar para Akema, que segurava sua lança com as duas mãos. – Você vai pagar pelo que fez.

Akema ignorou a ameaça e manteve sua lança apontada.

Tafari voltou-se para T'Challa.

– Suponho que você não honrará meu comando de se curvar diante dos Originários.

– Não nos curvamos a nenhum homem, apenas a Bast – Shuri disse, suas manoplas pulsando em vermelho.

– É uma pena – Tafari declarou em falsa sinceridade. Ele se voltou para seus horríveis companheiros. – Peguem-nos.

Shuri disparou suas manoplas, derrubando dois dos Originários vários metros para trás em uma explosão atordoante.

T'Challa jogou o colar de volta ao pescoço e agarrou o cetro com o punho suado. *Não sei que poder você tem, mas não falhe agora!*

Ele girou o cetro em um amplo arco, atingindo um dos Anansi, mandando-o para trás, os braços de pinça arranhando o ar.

Zeke e Sheila haviam recuado mais para dentro da floresta. A primeira reação deles foi correr, mas Sheila agarrou Zeke pelo braço.

– Espere! – ela sussurrou quando eles se protegeram.

– Um – Sheila começou, tirando um dos mísseis de sua bolsa.

– Dois – Zeke disse, seguindo seu exemplo.

– Três! – ambos gritaram e lançaram os detonadores.

A força da explosão arrancou uma árvore, espalhando ramos e folhas no chão. M'Baku foi atingido por um dos galhos que caíram, mas isso não o impediu de usar sua lança para afastar um dos Simbi deslizando em sua direção.

T'Challa se encolheu com a explosão, mas logo viu que seus companheiros não estavam feridos. Com o coração na garganta, ele fincou os pés no chão, bem separados, e, segurando o cetro com as duas mãos, ergueu-o e bateu com ele na terra.

O chão se partiu com um estalo terrível.

Várias das criaturas horríveis caíram no buraco.

T'Challa congelou por um momento em descrença.

Com o Cetro de Bast, seus inimigos fugirão diante de você.

– O portal! – Shuri gritou. – Agora, T'Challa!

Zeke e Sheila saíram correndo da segurança da floresta densa e se juntaram a T'Challa e aos outros. Akema e M'Baku usaram suas lanças com precisão mortal, mantendo os monstros longe do futuro Rei de Wakanda.

Mas Tafari ainda não havia terminado.

Ele investiu contra T'Challa, uma adaga erguida na mão.

M'Baku saltou na frente de T'Challa, segurando sua lança como um bastão e bloqueando o golpe.

Tafari caiu para trás, as vestes brancas se retorcendo ao seu redor.

– Agora, T'Challa! – M'Baku gritou.

T'Challa, com o coração acelerado, virou-se e encarou o espaço entre as duas árvores. Ele agarrou a garra em sua corrente e correu pela porta invisível fazendo um movimento de corte. Faíscas de fogo imediatamente dançaram no espaço, com uma energia azul girando e piscando, revelando uma porta.

– Funcionou! – Zeke gritou.

Tafari se levantou, e, ao fazê-lo, algo caiu de suas vestes. T'Challa rapidamente lembrou que o tinha visto mexendo em seus bolsos antes, quando os ameaçou na Biblioteca Real.

Tafari olhou para o chão, o medo repentinamente evidente em seu rosto. Ele se abaixou.

Mas Sheila chegou antes e pegou dois objetos brilhantes.

– Não! – Tafari gritou, esticando os braços longos para a fresta invisível da porta.

Mas era tarde demais.

T'Challa e seus companheiros deslizaram entre as árvores, com os gritos de Tafari ecoando atrás deles.

CAPÍTULO TRINTA E TRÊS

T'Challa olhou ao redor rapidamente, a respiração ainda acelerada.

– Todos estão bem? – ele perguntou.

Para seu alívio, todos eles estavam em segurança, mas consideravelmente desorientados. Todos se estudaram por um momento, como se quisessem ter certeza de que não haviam deixado um braço ou uma perna para trás.

Eles pareciam estar ao ar livre, a julgar pela brisa no rosto de T'Challa. Não havia árvores ou estruturas de qualquer tipo, apenas um vasto vazio. O chão sob seus pés era preto e rochoso, quase vulcânico, pensou T'Challa. A única visão familiar era um manto de estrelas que brilhavam acima.

– É isso? – Zeke perguntou. – Os Reinos Inferiores?

Shuri ainda estava com as manoplas nas mãos e olhou em volta como se os homens-cobra pudessem chegar a qualquer momento. Akema observou seu novo ambiente com olhos cautelosos.

T'Challa repassou seus últimos momentos. Ele abriu caminho no último minuto com a Garra de Bast e escapou. Tafari estava gritando, e Sheila pegou dois objetos que haviam caído de suas vestes.

– Eu não tenho ideia do que isso é – a voz de Sheila soou no escuro.

Todos se reuniram ao redor dela. Em suas mãos em forma de concha, havia duas pequenas rãs de metal pintadas de forma decorativa, com pedras vermelhas no lugar dos olhos.

– O que em nome de Bast são essas coisas? – perguntou Akema.

– Sapos – Zeke disse categoricamente.

– Eles parecem feitos de latão – Shuri acrescentou. – Por que Tafari teria isso?

– Acho que são algum tipo de dispositivo de teletransporte – disse Sheila, estudando os objetos. – Em Wakanda, Tafari e suas criaturas estavam no topo da montanha e de repente, em um piscar de olhos, estavam parados na nossa frente.

T'Challa pensou no momento em que viu Tafari levantar as mãos acima da cabeça antes que ele e seus monstros desaparecessem, junto com os infelizes prisioneiros.

– Acho que Sheila está certa – disse ele. – Se ele pode usar isso para viajar no tempo e no espaço, talvez possamos fazer o mesmo.

– E tirar nosso pessoal daqui – acrescentou M'Baku.

– Exatamente – disse T'Challa. – Agora sigam-me todos. E fiquem por perto.

Todos se alinharam atrás de T'Challa, cada um deles em alerta total. Akema assumiu a retaguarda. Estava escuro, mas havia luz suficiente para enxergar, embora T'Challa não conseguisse encontrar sua fonte. Parecia natural, como o luar, mas sem lua. O único som era o peso suave de seus pés enquanto caminhavam na terra negra e rochosa.

T'Challa pensou nos sapos de latão. Quem poderia criar tais coisas? Se eles eram de fato dispositivos de teletransporte, como funcionavam? Tafari deve ter liberado os Originários usando alguma coisa. O que quer que fossem, ele esperava poder usá-los para voltar para casa. Infelizmente, seu plano ainda não havia chegado tão longe.

– Eu pensei que os Reinos Inferiores seriam algum tipo de zona crepuscular interdimensional estranha – confessou Zeke.

– Hum – Shuri começou –, você prefere lidar com isso?

– Não – Zeke disse, olhando em volta enquanto caminhava. – Estou feliz que este lugar parece comum.

– Não sabemos o que está por vir – T'Challa sussurrou. – Fiquem atentos.

– Olhem – disse Sheila, apontando para longe.

Um cobertor de névoa cinza estava à frente deles.

T'Challa sentiu a trama da malha vibranium em seu traje apertar em torno de seu corpo. Ele sentiu um movimento por trás daquele véu de névoa.

– O que é? – Zeke perguntou.

– Não tenho certeza – disse T'Challa. – Andem devagar.

Shuri ergueu as manoplas, pronta para uma ameaça.

T'Challa agarrou o Cetro de Bast enquanto caminhava, seus passos silenciosos no traje de pantera. À medida que avançavam, a névoa começou a girar em torno de seus pés.

– Pessoal? – Zeke disse, olhando para o chão, com a voz alta. – Isso não parece muito bom.

O ar frio deu lugar a uma umidade abafada. T'Challa estava completamente selado por seu traje, mas ainda assim a sentia no ar, enjoativa e densa. De repente, a névoa pareceu se dissipar, como se fosse uma cortina sendo afastada.

A respiração de T'Challa podia ser ouvida claramente.

Um portão estava à frente deles.

E, além daquele portão, centenas de wakandanos flutuavam no ar, imóveis, como se estivessem em algum tipo de animação suspensa. Barras colossais erguiam-se até um teto invisível.

– Bast nos proteja – disse Akema.

Shuri correu para o portão e sacudiu as barras.

– Pai! – ela gritou. – Mãe! – Ela deu um passo para trás e esticou os dois punhos, pronta para desferir um golpe nas barras de ferro.

– Não! – T'Challa gritou. – Espere. Podemos ferir alguém.

Shuri abaixou os braços.

T'Challa se aproximou e espiou pelas grades. Era como se os prisioneiros estivessem dormindo, flutuando em algum tipo de substância rodopiante. Luzes azuis e vermelhas piscavam dentro dela. Ele tentou ver rostos, mas eram todos silhuetas escuras, sem feições reconhecíveis. *Meu pai está lá dentro. Minha mãe também.*

– Tem que haver uma maneira de tirá-los de lá! – disse Sheila.

T'Challa fez uma pausa e tentou pensar. A voz de seu pai ecoou em sua cabeça.

Nada é resolvido pela raiva.

Eu tenho que tirá-los, mas como?

M'Baku de repente ficou carrancudo e apertou sua lança. Ele se aproximou e bateu em uma das barras, criando uma reverberação que soou como o toque de cem sinos.

T'Challa lançou um olhar de soslaio.

– M'Baku! *Espere*. Sem decisões precipitadas!

M'Baku recuou. Ele conhecia bem T'Challa, e aquele tom de voz era algo que ele não ouvia com frequência.

– Meus pais também estão lá – disse M'Baku, seu rosto impassível.

– Nós vamos tirá-los, M'Baku – T'Challa disse a ele. – Nós vamos.

T'Challa desejou que ele estivesse tão confiante quanto sua promessa.

Estudou as barras à sua frente e as pessoas presas nelas. *Tem que haver um jeito!*, gritou dentro de sua cabeça. Ele tinha que ficar calmo e focado, especialmente na frente de todos. Se de repente aceitasse a derrota, estariam perdidos. Estavam esperando por ele – esperando que apresentasse uma resposta.

Ele estendeu a mão e tocou uma das barras, que estava fria e quente ao mesmo tempo. Uma ideia lhe ocorreu, embora soubesse que poderia ser uma jogada mortal.

– Shuri – ele disse, virando-se para encarar sua irmã.

– Sim?

– Eu quero que você dispare essas manoplas.

– Sim! – Shuri exclamou. – Achei que você nunca ia pedir.

Ela ergueu as mãos, pronta para mirar no portão.

– Para mim – disse T'Challa.

Shuri franziu o rosto e se virou para o irmão.

– Okay, certo.

Sheila, Zeke e M'Baku olharam para o amigo como se ele tivesse enlouquecido.

– T'Challa – M'Baku disse calmamente. – Do que você está falando?

– Meu traje – disse T'Challa. – Absorve energia cinética, certo? Isso significa que posso armazená-la e liberá-la em um alvo.

Zeke levantou uma sobrancelha incrédulo.

– Então deixe-me ver se entendi. Você quer que sua irmã... *atire* em você com energia sônica para que você possa quebrar este portão?

– É basicamente isso – respondeu T'Challa.

– Ótimo – Zeke disse categoricamente. – Fantástico. O único super-herói aqui, e ele quer que sua irmã atire nele.

– Faz sentido – acrescentou Sheila. – Se ele absorver energia suficiente, o impacto deve ser bem forte quando for liberado.

– Eu não sei, não, mano – Shuri confessou. – Quero dizer, não quero me gabar, mas conheço muito bem esse negócio de tecnologia, e a força pode ser suficiente para realmente debilitar você.

– Eu tenho que pelo menos tentar – disse T'Challa.

– E o que acontece se você sofrer danos *demais*? – perguntou Akema. – Não tenho certeza disso, príncipe. Acho que seu pai não aprovaria.

– Bem, ele não está aqui – disse T'Challa. E quase imediatamente se arrependeu.

Houve um momento de silêncio.

– Eu vou ficar bem, Akema – disse T'Challa. – Eu sei que vai funcionar.

Akema cedeu e recuou.

T'Challa encarou Shuri e abriu os braços, fazendo um grande alvo. Ele largou o cetro e fechou os olhos.

– Está pronta? – ele perguntou.

CAPÍTULO TRINTA E QUATRO

Shuri apontou suas manoplas para o peito de T'Challa.

– Se você morrer, eu nunca vou te perdoar.

T'Challa ficou a cerca de um metro e meio de distância de sua irmã, expondo seu tronco, com os pés plantados firmemente separados. Sheila e Zeke olharam nervosamente. M'Baku ficou em silêncio, seu rosto mostrando sua angústia. Akema desviou o olhar.

– Tem certeza disso? – Shuri perguntou ao irmão mais uma vez.

– Não – disse T'Challa, e então: – No três.

Zeke fechou os olhos.

– Um... – T'Challa disse, cerrando os punhos. M'Baku recuou.

– Dois...

As mãos de Shuri estavam firmes, mas seu rosto estava ansioso.

Aqui vai, T'Challa pensou.

– Três!

A explosão das manoplas de Shuri fez T'Challa voar para trás vários metros, deixando-o de joelhos.

– T'Challa! – Shuri gritou, correndo para o lado dele. – Consegue me ouvir?

Akema estava ao lado dele em um piscar de olhos.

– Claro que posso ouvir você. Estou bem. – Ele se levantou com um gemido.

– Qual foi a sensação? – Shuri perguntou.

– Como se alguém tivesse atirado em mim com um lançador de energia.

– Isso vai ser o suficiente? – Zeke perguntou. – Hum... energia suficiente?

– Acho que não – respondeu T'Challa.

Ele ficou de pé. Mesmo que a explosão o tenha derrubado, ele não sentiu nenhum efeito nocivo. Só era estranho perceber que havia levado tamanha carga de energia e ainda estava consciente.

– Tudo bem – disse ele. E torceu o pescoço de um lado para o outro. – Segundo round.

– É o bastante! – Akema realmente gritou. – O rei e a rainha arrancarão minha cabeça se eu permitir que isso continue. Isso é loucura!

Seu eco pairou no ar como uma ameaça.

Shuri soltou um suspiro trêmulo, mas também parecia pronta para fazer o que seu irmão desejasse.

– Eu assumo a responsabilidade, Akema. Nenhum mal acontecerá a você. Você tem minha palavra.

Akema balançou a cabeça, resignada com o fato de que não havia nada que ela pudesse fazer para impedir essas duas crianças reais.

– Eu vou ficar bem – disse T'Challa. – Prometo.

Claro que estou fazendo muitas promessas, ele pensou.

Mais uma vez, T'Challa se fez grande, braços estendidos, como um goleiro de um time de futebol.

Shuri ergueu as mãos. Sheila fechou os olhos por um breve momento.

– Fogo! – T'Challa gritou.

Essa explosão parecia mais forte que a primeira, e uma onda de energia azul fluiu das manoplas, derrubando T'Challa para trás.

– Outro! – ele gritou, levantando a cabeça, ainda de joelhos.

– Não! – Shuri gritou. – Já chega, T'Challa!

Mas o jovem príncipe ainda não havia terminado.
– Mais um, Shuri, e esse deve ser suficiente.
Shuri e os outros trocaram olhares preocupados.
– Tem certeza? – Shuri perguntou a ele.
– Apenas faça! – T'Challa gritou.
Shuri levantou as mãos para o que – segundo T'Challa – ela esperava que fosse a terceira e última vez.
– Fogo! – T'Challa ordenou.
Shuri deu mais uma explosão.
Desta vez, T'Challa tombou para o lado e caiu, ao que parecia, completamente inconsciente.
– T'Challa! – Shuri chorou.
– Eu sabia que era uma má ideia – disse Zeke.
T'Challa estava deitado com os olhos fechados. Ele sentiu como se tivesse sido atingido por um raio, o que não deixava de ser verdade.
– Príncipe? – Akema disse, ajoelhando-se. Ela pegou a mão dele.
T'Challa abriu os olhos. Sua cabeça girava.
– Ajude-me a levantar – disse ele com um grunhido. – Não quero perder a energia cinética armazenada.
Akema e Shuri pegaram suas mãos, uma de cada lado, e o colocaram de pé. T'Challa sentiu a malha de vibranium. Um buraco do tamanho de uma pequena moeda foi queimado em seu traje.
– Nada mal – disse Shuri, sentindo o local.
– Agora – disse T'Challa. – Vamos ver se isso funciona – Ele se levantou e soltou um longo suspiro.
– Você quer descansar primeiro? – Zeke perguntou.
– Sem tempo – respondeu T'Challa. – Se esperarmos mais, a energia simplesmente se dissipará.
T'Challa se virou para os portões. Ele sentiu a energia em seu traje, esperando para ser liberada, pulsando e pulsando...
Ele cruzou os braços sobre o peito.
– Wakanda para sempre! – ele gritou. E então correu direto para o portão.

T'Challa não sentiu a princípio, mas um segundo depois ela o atingiu: uma explosão que abriu os portões em uma tempestade de fumaça e detritos. Mas ele ainda estava de pé.

– Meu Deus – exclamou Sheila.

A explosão fez com que os prisioneiros fossem arremessados para o chão. Agora eles gemiam e se contorciam, aparentemente acordados.

– Rápido! – T'Challa gritou. – Vejam se eles estão todos ilesos!

Ao comando de T'Challa, Akema e os outros começaram a verificar os wakandanos libertos, ajudando-os a se levantarem.

– Mãe! – T'Challa chamou, caminhando pela massa de pessoas confusas.

– Pai! – Shuri gritou.

Os prisioneiros, agora livres, andavam em círculos, tontos e cambaleantes. Akema correu para algumas de suas companheiras Dora Milaje que haviam sido levadas no ataque.

M'Baku congelou onde estava.

Um homem olhava ao redor, desorientado.

– Pai – disse M'Baku. – Você está seguro agora. – Ele largou a lança e o abraçou.

– M'Baku? – seu pai disse, como se ele realmente não conhecesse o próprio filho.

– Você está seguro, pai. Você está seguro. Cadê a mamãe?

– Estou aqui – uma voz fraca chamou, e a mãe de M'Baku cambaleou em direção a eles.

– O festival – seu pai sussurrou, olhando ao redor. – Houve uma... uma explosão. O que aconteceu?

– Há tempo de sobra para explicar – disse o filho. – Vamos tirar você daqui primeiro.

T'Challa continuou a gritar, ajudado por sua irmã, enquanto Zeke e Sheila cuidavam dos outros com palavras calmas de apoio. T'Challa viu muitos rostos familiares, anciãos da comunidade, conselheiros de seu pai e as Dora Milaje, agora desarmadas. As roupas de todos estavam rasgadas e cobertas de sujeira e lodo preto.

Um grito perfurou a escuridão.

T'Challa olhou para a esquerda, depois para a direita.

E então, como fantasmas, várias outras pessoas surgiram dos escombros.

Liderando o caminho estavam um homem e uma mulher mais velhos, de mãos dadas. T'Challa os reconheceu. Eram as pessoas que foram arrebatadas quando Tafari confrontou T'Challa em Wakanda. Aquelas que pareciam não conseguir se soltar.

Glória a Bast, eles estão todos seguros, T'Challa pensou.

Ele gesticulou pedindo ajuda, e os wakandanos resgatados encontraram conforto entre os outros.

– T'Challa?

As orelhas de T'Challa se contraíram. Ele conhecia aquela voz.

– Mãe? – ele chamou. – Onde você está?

Shuri também ouviu o chamado e correu para o lado de seu irmão.

– Lá! – Ela apontou.

A vários metros de distância, a rainha estava sozinha, suas vestes outrora régias agora manchadas de sujeira.

T'Challa e sua irmã a abraçaram. Sheila e Zeke olhavam com rostos sorridentes. Levou um longo tempo para eles se separarem.

– Pai? – T'Challa disse, quebrando o abraço. – Onde ele está?

Uma onda de preocupação passou pelo rosto de sua mãe.

– Ele foi levado – ela começou. – Para algum lugar... para outro lugar.

Naquele exato momento, o chão sob os pés de T'Challa começou a tremer. Ele olhou para baixo. A alguns metros de distância, a areia negra estava girando, como um redemoinho de poeira pegando vento, crescendo, e crescendo, e crescendo.

– Afastem-se! – T'Challa gritou, abrindo os braços na frente da irmã e da mãe.

O chão explodiu diante deles com um grande estampido.

E, então, criaturas surgiram das profundezas.

CAPÍTULO TRINTA E CINCO

Elas eram horríveis.

Humanoides, mas eram como algum ancestral distante que o tempo havia esquecido, com chifres na cabeça e bocas repletas de dentes de aparência mortal.

– Coloque-os em segurança! – T'Challa gritou, pegando sua lança. – Rápido!

– Venham comigo! – a rainha gritou, levando os confusos wakandanos para longe da ameaça. – Venham!

As Dora Milaje, ferozes mesmo sem suas armas, juntaram-se a T'Challa e a seus companheiros, e ele ficou feliz por isso. Precisava de toda a ajuda que conseguisse.

T'Challa contou sete ou oito das estranhas feras, mas pareciam multidões. Não havia tempo para um plano – M'Baku, Shuri e até mesmo Zeke e Sheila não tiveram escolha a não ser se defenderem da melhor maneira possível.

T'Challa usou o cetro como se tivesse nascido com ele, erguendo-o bem alto e balançando para baixo com força para um ataque por cima ou girando sobre o calcanhar e usando-o próximo ao chão, fazendo seus atacantes tropeçarem. Ele sofreu muitos danos, mas sentiu como se o traje ainda tivesse energia cinética armazenada, que o tornava ainda mais uma barreira contra o ataque.

M'Baku jogou sua lança para a mãe, e ela a agarrou no ar, balançando-a no meio de uma das criaturas bizarras. *Eles também são Originários,* T'Challa se perguntou, *ou alguma outra monstruosidade das profundezas?* Shuri usou suas manoplas para enviar ondas de choque azuis contra as feras que se aproximavam.

Zeke e Sheila se esconderam no caos, disparando aqui e ali, lançando seus detonadores quando conseguiam um tiro certeiro.

As feras lutavam com braços selvagens, mas eram lentas, e T'Challa calculou cada um de seus golpes com uma esquiva ou um contra-ataque. A verdadeira ameaça eram seus dentes, e, até então, T'Challa e sua tripulação os haviam evitado.

Mas, ainda assim, T'Challa estava preocupado com Zeke e Sheila. M'Baku podia se defender, e Shuri tinha uma das armas mais poderosas de Wakanda na ponta dos dedos, mas seus amigos só tinham os discos pequenos.

T'Challa acertou um chute circular em uma das criaturas e então golpeou a barriga da fera, mandando-a para trás.

– Sheila! Zeke! – ele chamou. – Sigam minha mãe. Agora!

Zeke e Sheila, respirando com dificuldade, olhos apavorados, não discutiram e partiram na direção da rainha, mas não antes de um último lançamento de seus projéteis restantes, que levantaram nuvens de fumaça.

Agora T'Challa tinha uma coisa a menos com que se preocupar. Amava seus amigos e nunca se perdoaria se eles fossem feridos... ou pior. Ele foi treinado desde criança para ser um lutador, assim como sua irmã. Em Wakanda não havia distinção entre gêneros quando se tratava de defender a nação.

A Dora Milaje lutou como se a batalha fosse uma sinfonia, um balé de movimentos graciosos e crescendos mortais.

Agora T'Challa e sua irmã estavam costas com costas, T'Challa esmurrando os seres estranhos com chutes e rasteiras e manuseando o cetro com ambas as mãos, enquanto Shuri atirava com suas manoplas.

Finalmente, seu inimigo foi derrotado. Alguns fugiram, em menor número, de volta à escuridão, enquanto outros permaneceram imóveis na paisagem negra e devastada.

M'Baku enxugou a testa com as costas da mão.

Shuri ficou com os braços ao lado do corpo, exausta pela tensão de segurá-los enquanto atirava continuamente.

T'Challa correu em direção à sua mãe e aos outros, Shuri e M'Baku em seus calcanhares. A mãe parecia olhar para ele de um jeito novo. Ela olhou para a filha, respirando com dificuldade. Abriu a boca para falar, mas de repente pareceu reconsiderar. Haveria tempo para repreensões mais tarde, T'Challa imaginou. Ver sua irmãzinha com manoplas sônicas provavelmente era algo que sua mãe nunca havia imaginado. Ou permitiria.

Mas mesmo assim, T'Challa pensou, *Shuri lutou bravamente, como uma verdadeira guerreira de Wakanda.*

A respiração de T'Challa desacelerou, seu batimento cardíaco voltando ao normal.

– Príncipe – uma voz de mulher chamou.

Era Akema.

– Devemos resgatar nosso rei. Juramos protegê-lo!

– Mas onde ele está? – T'Challa implorou.

– Ali! – Zeke disse, apontando para trás de T'Challa.

T'Challa se virou.

Uma figura se aproximava na escuridão.

Um raio de esperança brilhou por trás dos olhos da rainha.

T'Challa finalmente viu quem era, quando T'Chaka, o Rei de Wakanda, desabou na frente deles.

CAPÍTULO TRINTA E SEIS

– Pai – disse T'Challa, ajoelhando-se.

O rei olhou para o filho com os olhos nublados.

– Eu fui gravemente ferido, T'Challa – ele levantou a camisa, revelando seu torso. Um longo corte vazava sangue.

Ramonda engasgou e se ajoelhou ao lado dele.

– Temos que levá-lo de volta para Wakanda! Agora!

T'Challa se levantou enquanto sua mãe e Shuri confortavam seu pai.

– Sheila – T'Challa sussurrou. – Aqueles sapos. Agora é a hora de ver se eles funcionam. Temos que voltar.

Sheila enfiou a mão na bolsa e tirou os objetos brilhantes, que pareciam iluminar o espaço escuro por muito pouco. Rei T'Chaka se mexeu.

– As rãs do rei Salomão? Como você conseguiu...?

Sua cabeça caiu em seu peito.

– Rei Salomão? – Zeke sussurrou.

T'Challa teve a mesma reação, mas haveria tempo para perguntas mais tarde. Ele entregou o cetro para Zeke.

– Segure isto, Zeke. Não o perca.

A boca de Zeke se abriu quando ele agarrou a lança misteriosa. Sheila entregou a T'Challa os dois sapos. Ele ergueu um em cada mão. Eles eram pesados, mais do que se poderia imaginar.

– Então – ele disse. – Eu acho que eu só...

– Diga o lugar aonde você quer ir – Zeke interrompeu. – É assim que geralmente funciona nos quadrinhos e outras coisas.

T'Challa conseguiu dar um sorriso fraco. *O que dizer?*, ele se perguntou. *Em voz alta ou para mim mesmo?*

Ele olhou de volta para seu pai, cuja cabeça estava sendo embalada por Ramonda. T'Challa viu seu peito subir e descer enquanto respirava lenta e profundamente. *Ele tem que estar bem. Ele tem que estar.*

T'Challa levantou os objetos acima de sua cabeça, um em cada mão.

– Quem detém o poder destes... Sapos do Rei Salomão, leve-nos de volta para nossa casa. Wakanda. Tire-nos deste lugar.

Ele bateu os dois sapos juntos e baixou os braços com hesitação. Um leve formigamento percorreu suas palmas e pulsos. As rãs começaram a vibrar em suas mãos, um tremor que percorreu todo o seu corpo. Ele sentiu como se a rocha escura sob seus pés estivesse se movendo.

T'Challa ouviu um som sibilante em seus ouvidos e sentiu o vento em seu rosto. Um borrão de imagens passou por sua visão, muito rápido para compreender. Ele se sentiu sendo arremessado através de uma espécie de túnel. Não sabia se havia mais alguém com ele, mas ao mesmo tempo sentiu uma presença ao seu redor, como se não estivesse sozinho nesta jornada.

A escuridão era esmagadora. E fria. Ele queria se abraçar, mas se sentia desconectado, fora de seu próprio corpo. Lembrou que uma vez, quando era criança, seu pai o levou para um tanque de isolamento. Era lá que o Pantera Negra relaxava e se concentrava após uma difícil batalha ou decisão. Depois que se adicionam várias centenas de quilos de sal à água, o corpo humano flutua, libertando a mente na escuridão. O jovem T'Challa não hesitou em entrar, pois desejava nada mais do que ser como seu pai. Ele se lembrou de se acomodar na água morna e flutuar em uma felicidade aquática. Era a mesma sensação que tinha agora, enquanto girava no tempo e no espaço.

Ele abriu os olhos.

Estavam de volta a Wakanda. T'Challa se equilibrou. Sua cabeça estava tonta. Ele agarrou algo em ambas as mãos. Olhou para baixo. As rãs mudaram de cor inúmeras vezes e depois voltaram à cor de latão, os olhos de pedra preciosa piscando em vermelho.

T'Challa assistiu enquanto mais e mais wakandanos passavam, todos acompanhados por um flash de luz branca ofuscante.

– Conseguimos! – Shuri chorou. – Funcionou!

Zeke, Sheila e M'Baku caíram de uma só vez, num emaranhado de braços e pernas. Felizmente, Zeke ainda segurava o cetro.

– Ui! – Sheila gemeu. – Saia de cima de mim, Zeke!

– Desculpe – disse Zeke, desvencilhando o braço da dobra da perna de Sheila. – Não é todo dia que você é enviado por algum portal maluco – ele se levantou e esfregou o queixo. – Parece que deixei meus dentes lá atrás. – entregou o cetro a T'Challa.

T'Challa procurou por seu pai e sua mãe. Eles já haviam passado, assim como vários outros, incluindo as Dora Milaje.

– T'Challa – disse a mãe sem fôlego. – O que você fez? Como nós…? – Ela parou.

– Terei que explicar mais tarde, mãe. Não se preocupe.

A rainha olhou em volta, maravilhada, como se nunca tivesse visto Wakanda antes.

– Dora Milaje! – Akema gritou, um grito de guerra para suas irmãs. Imediatamente, o grupo desorganizado montou guarda. – Levem o rei e a rainha ao palácio. Nareema e Ayanda ficarão para trás comigo.

– Boa ideia – disse T'Challa. – Não queremos nenhuma dessas criaturas vindo atrás de nós.

– O que fazemos agora? – Zeke perguntou.

T'Challa agarrou o cetro.

– Temos que encontrar Tafari. E então vou enviar aqueles Originários de volta para os Reinos Inferiores.

CAPÍTULO TRINTA E SETE

– T'Challa – seu pai disse, enquanto era ajudado pela rainha –, não use esses sapos de latão novamente. Eles são perigosos.

T'Challa se aproximou dele.

– Eles distorcem o tempo e o espaço, filho. Temos sorte de ainda estarmos vivos.

Sheila olhou para T'Challa, chocada.

– De onde eles vêm? – T'Challa perguntou. – Eu tenho tanto para lhe contar. Eu…

Os ombros do rei cederam, e Ramonda e Nareema o seguraram.

T'Challa respirou fundo. Ele nunca tinha visto o pai em um estado tão ruim antes.

Ramonda virou-se para T'Challa. Ela colocou uma mão reconfortante em sua bochecha.

– Eu não vou lhe dizer o que fazer, meu filho. Mas tenha cuidado. A nação precisa de você.

T'Challa segurou a mão da mãe por um momento antes de partirem. Shuri, acompanhada por algumas das Dora Milaje, liderou o caminho. T'Challa os observou partir, sentindo a dor de seu pai enquanto eles iam embora.

A mãe de M'Baku devolveu sua lança ao filho.

– Você jogou para mim na hora certa, M'Baku. Ela me serviu bem. Agora é sua vez de empunhá-la. Você provou seu valor.

M'Baku pegou a lança com cuidado, como se ela pudesse quebrar.

– Obrigado, mãe. Eu a carregarei com honra.

T'Challa observou-os se afastarem até que estivessem fora de vista. Ele respirou fundo, preparando-se para a próxima fase do resgate.

– Onde estão as duas árvores? – Sheila exclamou de repente. – Aqueles sapos não nos mandaram para o lugar certo!

T'Challa e os outros olharam em volta. Ele se deu conta de que Sheila estava certa. Os últimos momentos foram tão surpreendentes e confusos, que ele nem notou onde exatamente estavam.

– Então eles *são* traiçoeiros – T'Challa sussurrou.

– O que é traiçoeiro? – perguntou Zeke.

– Aqueles sapos de latão – respondeu T'Challa. – Papai disse que eles distorcem o tempo e o espaço e que temos sorte de estarmos vivos.

Zeke engoliu em seco.

– Caramba! Eles poderiam ter nos teletransportado para o meio da Amazônia ou algo assim!

T'Challa não entendia os sapos e agora não era hora de tentar entendê-los.

– Segure isso – disse T'Challa, entregando os sapos a Sheila.

Ela os pegou com cuidado, como se estivessem prestes a enviá-los para outra dimensão, e os colocou em sua bolsa.

– Como vamos fazer isso? – Sheila perguntou. – Se não podemos usar esses sapos, como vamos enviar esses Originários de volta para o lugar de onde eles vieram?

T'Challa sorriu.

– Ainda bem que temos outro jeito. – Ele acariciou a garra em seu pescoço. – Se nos enviou para os Reinos Inferiores, certamente pode enviar alguém de volta, certo?

– Certo – Zeke disse.

– Então é isso que faremos – T'Challa terminou. – Assim que encontrarmos Tafari, usarei a Garra de Bast e enviarei aqueles monstros de volta para o lugar de onde vieram.

– Mas primeiro temos que encontrar as árvores – disse Sheila.

Akema protegeu os olhos com a mão.

– Oeste – ela disse. – Alguns quilômetros.

T'Challa olhou para ela, surpreso.

– Conheço meu país como a palma da minha mão, príncipe – disse ela.

– Bom – disse T'Challa. – Vamos.

Akema mandou Nareema e Ayanda para a retaguarda enquanto assumia a liderança.

Eles estavam na orla de uma floresta, isso T'Challa sabia. Mas a paisagem não lhe parecia familiar. Tinha que confiar em Akema. Ela disse que conhecia o caminho.

T'Challa se sentia vulnerável ao ar livre, com nada além de árvores para disfarçar sua aproximação. Tafari certamente estava planejando seu próximo passo. Tudo o que T'Challa precisava fazer era derrotá-lo.

O tempo pareceu desacelerar enquanto eles caminhavam. T'Challa se perguntou quantas horas se passaram desde que eles entraram nos Reinos Inferiores através do portal até seu retorno. O sol ainda estava na mesma posição de quando partiram. Ele olhou para os amigos. Seus passos estavam mais lentos, e seus rostos mostravam exaustão.

– Vamos descansar um momento – disse T'Challa depois de meia hora.

Ele chamou Akema, e ela reuniu suas irmãs para ficarem de olho. Não houve descanso para as Dora Milaje. T'Challa não tinha muita certeza do que dizer a Nareema e Ayanda. Ele queria perguntar a elas sobre sua experiência nos Reinos Inferiores, mas achou melhor não. A lembrança provavelmente ainda estava muito recente. Quem sabe que horrores enfrentaram? Mas eles mal se falavam no palácio, e ele achou que aquele não era o momento para conversa fiada.

Zeke e Sheila não precisavam de mais incentivo para fazer uma pausa e imediatamente pararam e descansaram, com as costas apoiadas em árvores altas. M'Baku sentou-se com um suspiro pesado. A sombra esfriou seus rostos.

T'Challa sentou-se, mas permaneceu tenso e aflito. Seus amigos estavam acabados.

– Vocês fizeram um bom trabalho lá atrás – disse ele. – Eu sei que foi assustador. Estou orgulhoso de todos vocês.

– Sim – M'Baku acrescentou. – Bom trabalho com aquelas pequenas bombas.

Zeke conseguiu dar um sorriso.

– Nós nos mantemos juntos – disse Sheila. – Sempre.

O comentário de Sheila trouxe um sorriso ao rosto de T'Challa. Ele refletiu sobre seu primeiro encontro com Zeke e Sheila. Seu pai havia enviado ele e M'Baku para Chicago depois de descobrir que Wakanda estava sob um possível ataque. Zeke foi uma das primeiras pessoas a falar com ele, e eles se tornaram amigos logo depois. T'Challa o conheceu no ônibus, com o nariz enterrado em uma história em quadrinhos. Pouco tempo depois, ele conheceu Sheila. Sua inteligência e seu raciocínio rápido ficaram imediatamente evidentes, e suas discussões com Zeke sobre os assuntos mais ridículos logo tornaram os dois queridos para ele.

Assim que o sol baixou mais um pouco, eles continuaram sua jornada. Uma brisa fresca veio e rapidamente se dissipou. Mesmo no meio de sua terrível situação, T'Challa quase cochilou. Ele balançou a cabeça, voltando a si. *Um dia vou descansar. Logo, eu espero.*

A jornada estava demorando muito mais do que T'Challa teria pensado, mas ele tinha que seguir em frente. Era definitivamente mais do que os poucos quilômetros que Akema havia descrito.

O solo tornou-se mais rochoso e irregular, e o céu estava escurecendo rapidamente. As Dora Milaje marchavam sem esforço, e até mesmo T'Challa teve que acelerar seu passo para acompanhá-las. Sua garganta estava seca. Ele olhou para Zeke e Sheila. Parecia a T'Challa que mal estavam aguentando. *Eles estão fazendo isso por mim*, ele percebeu. *Poderiam ter voltado para a segurança de casa, mas decidiram ficar e ajudar. Eu não poderia pedir amigos melhores.*

T'Challa continuou a marchar. Refletiu sobre tudo o que ele e seus amigos já haviam feito. Tinham resgatado seus pais e se certificado de que estavam seguros, com os outros wakandanos que foram capturados. Mas agora não era hora para um tapinha nas costas. Não até que Tafari e os Originários fossem derrotados.

Depois de um tempo, T'Challa viu os familiares penhascos brancos do Vale dos Reis.

Zeke soltou um suspiro de alívio.

– Nós nos aproximamos – disse Akema.

T'Challa ficou aliviado. Podia ver as moringas à frente, não muito longe. Ele segurou a garra em volta do pescoço.

Um bando de pássaros explodiu de um grupo de árvores, e T'Challa e os outros se encolheram. Um silêncio sinistro se instalou. Os sensores do traje de T'Challa pulsaram. Akema ergueu o punho fechado em alerta.

– O que é? – Zeke sussurrou.

T'Challa examinou a área.

– Não tenho certeza. Achei ter sentido um movimento.

Akema olhou para T'Challa e seus olhos verdes se assustaram.

– Fomos vistos – ela sussurrou.

CAPÍTULO TRINTA E OITO

Com um grito horripilante, uma dúzia ou mais de Simbi e Anansi saíram correndo da floresta.

As pernas de T'Challa pareciam que iam ceder. Eles estavam em menor número. Não havia como derrotar tantos, mesmo com Akema e suas guerreiras.

– Parece que eles trouxeram a luta até nós, T'Challa – disse M'Baku.

Ele agarrou sua lança e se preparou. Zeke e Sheila ficaram imóveis, olhando para T'Challa em busca de um comando.

Mas alguém se antecipou a T'Challa.

– Pelo rei! – Akema gritou quando ela e suas irmãs correram para a frente.

T'Challa ergueu o Cetro de Bast.

– Por Wakanda! – ele chamou e entrou na briga.

Zeke e Sheila, desarmados e tremendo de medo, fugiram para a segurança das árvores ao redor.

Com o Cetro de Bast, seus inimigos fugirão diante de você.

– Para trás! – T'Challa gritou e enfiou o cetro na terra.

A explosão fez as criaturas voarem em uma grande rajada de vento. T'Challa não podia parar e se perguntar sobre o poder do cetro; em vez disso, aproveitou o recuo delas, enquanto as Dora Milaje continuavam seu ataque.

Mas naquele momento uma onda de mais daquelas feras horríveis veio pela floresta, como formigas saindo de sua colônia. Eram dezenas delas, armadas com lanças. Os Anansi, as terríveis aranhas, lançavam teias de suas bocas. M'Baku, lutando o mais ferozmente que pôde, ficou emaranhado.

– Socorro! – ele gritou. – T'Challa!

Mas T'Challa tinha seus próprios problemas. Estava sendo dominado pelos Simbi.

Eles o cercaram, golpeando-o e cravando suas pinças, que T'Challa imaginou estarem cheias de veneno mortal.

– Por Wakanda! – uma vozinha gritou, e Zeke saiu correndo de seu esconderijo. Ele tentou desembaraçar as teias ao redor de M'Baku, agarrando-o com suas pequenas mãos.

– Volte, Zeke! – M'Baku gritou quando um dos Anansi jogou a pequena figura de Zeke para o lado.

Zeke caiu de costas.

T'Challa se livrou do Simbi, mas estava tonto e cansado. Ele tinha sido apunhalado? Sua mente disparou com o medo e a adrenalina.

Não vamos conseguir. O pensamento surgiu de repente nele. É tarde demais.

Mas nem tudo estava perdido.

M'Baku lutou para se livrar das aranhas mortais e correu para o lado de T'Challa.

– Temos que fazer algo agora! – gritou M'Baku. – Não podemos segurá-los muito mais!

O tempo pareceu desacelerar para T'Challa naquele momento. A batalha era um borrão na frente dele. Ele viu cada um dos rostos das terríveis criaturas rosnando e sibilando. Seriam os últimos rostos que veria?

Akema e suas irmãs lutaram com bravura, mas também estavam sendo subjugadas.

Um estrondo acima deles chamou a atenção de T'Challa. *Que nova ameaça é essa?*, ele pensou.

Mas quando T'Challa olhou para cima, a esperança brilhou em seu coração.

Os pós-combustores do avião pessoal do rei, o caça Garra Real, brilharam em vermelho. Um tornado de destroços ergueu-se do solo quando a nave aterrissou em uma nuvem de calor cintilante.

E enquanto T'Challa observava, com a batalha acontecendo ao seu redor, o Pantera Negra, vestido com seu manto cerimonial, saltou do avião, com um batalhão de Dora Milaje sob seu comando.

– Yibambé! – um coro de vozes chamou. – Yibambé!

– É o grito de guerra wakandano! – Zeke gritou.

Quando os Originários se viraram para enfrentar essa nova ameaça, T'Challa sorriu.

As Dora Milaje, armadas com lanças vibranium, caíram sobre os invasores com força mortal, fazendo-os recuar. Shuri estava com eles e havia trocado suas manoplas por lâminas circulares, aros feitos de vibranium que podiam ser usados em combate corpo a corpo ou jogados para atordoar um atacante. O melhor de tudo é que, como um bumerangue, eles voltavam para o dono depois de acertar o alvo.

– Isso! – Zeke e Sheila gritaram, ainda se abrigando.

T'Challa percebeu o olhar de seu pai enquanto eles lutavam lado a lado, pai e filho, rei e príncipe, juntos.

T'Challa atacou com o cetro, usando todos os movimentos que podia fazer para livrar a nação das criaturas vis.

As Dora Milaje estavam na vanguarda e giravam, chutavam e avançavam nos inimigos, sem dar aos Originários chance de escapar de suas manobras acrobáticas.

M'Baku gritava enquanto lutava, sua lança girando.

As palavras dos Três ecoaram na cabeça de T'Challa:

Sele-os nos Reinos Inferiores e tranque o portão. O momento virá apenas uma vez.

Sheila deve ter pensado o mesmo que T'Challa e gritou de onde ela e Zeke haviam se protegido.

– Aqui, T'Challa! Pelas árvores!

T'Challa se virou ao som de sua voz e se esquivou de um golpe de um dos Simbi.

– Pai! – ele gritou. – Conduza-os para cá!

O Rei T'Chaka deu ao filho um olhar questionador, mas confiou no comando de T'Challa.

– Por aqui! – Rei T'Chaka berrou. – Comigo!

Todo lutador wakandano seguiu seu comando.

T'Challa correu em direção a Sheila e Zeke, parados perto das árvores, o inimigo apenas alguns passos atrás dele.

Deve ter parecido uma retirada para os Originários, até que M'Baku, Akema e várias Dora Milaje se viraram, criando uma linha defensiva na frente de T'Challa e da horda que avançava.

– Mantenham a linha! – Akema gritou. – Meu rei, conduza-os para cá!

O Pantera Negra ouviu o chamado de Akema e conduziu as feras para a frente.

Com Akema e seu pai às costas, T'Challa se virou, encarando o espaço entre as árvores. O estrondo da batalha soava atrás dele. Ele tinha que ser rápido. Arrancou a corrente do pescoço.

– Eu invoco Kokou, o Sempre Ardente, Deus da Guerra! Eu invoco Thoth, Deus-Pássaro; Íbis, o Invencível; o Senhor das Palavras Divinas. E eu chamo Bast a todo-poderosa, Ela do Sol e da Lua, a Devoradora... Envie essas criaturas de volta às profundezas!

T'Challa passou a garra pela porta invisível.

Instantaneamente, um buraco de luz ofuscante se abriu na floresta que escurecia, uma luz azul e vermelha piscava lá dentro. Ele se jogou para o lado, esbarrando em Zeke e Sheila, enquanto os Simbi e os Anansi eram puxados por um vácuo poderoso, com suas caudas de serpente deslizando e as pinças arranhando o ar vazio.

O Rei T'Chaka e seus guerreiros seguiram o exemplo de T'Challa e se separaram para a esquerda e para a direita, deixando as criaturas desprevenidas para serem atraídas pelo portal.

– Agora! – Shuri gritou. – Feche o portão!

T'Challa saltou de volta, evitando a terrível atração do portal. *Como selar o portão? Ninguém nunca me disse como.*

– Use a garra! – Zeke gritou.

Zeke estava certo, T'Challa percebeu. Ele a havia usado antes para abrir a porta. Não poderia também ser usada para fechá-lo?

A luz era ofuscante, e um zumbido parecia romper seus ouvidos.

– Deem as mãos! – o Pantera Negra gritou.

T'Challa estava confuso. O que seu pai estava fazendo? Mas ele só levou um momento para entender.

Uma espécie de corrente humana estava sendo formada longe da abertura do portão com Zeke, Sheila, M'Baku e Akema e suas guerreiras. O último da fila era o Rei T'Chaka. A força do portal era tremenda, e eles cravaram os calcanhares no chão para não serem puxados para a frente.

– Pegue minha mão, T'Challa! – seu pai gritou.

T'Challa agarrou a mão do pai. Ele estava na frente da porta agora, mas o cabo de guerra atrás dele o impedia de ser puxado para dentro.

Ele podia ver os Simbi e os Anansi do outro lado, mas suas formas pareciam vazias, como fantasmas. Eles se contorciam e sibilavam um para o outro em uma espécie de frenesi de pânico.

T'Challa tinha que se apressar.

Enquanto seu pai e todos os que estavam na fila seguravam seu peso, impedindo-o de deslizar, T'Challa desenhou com a garra um X, muito parecido com a saudação wakandana, sobre a porta. Folhas e detritos voaram em um redemoinho.

Uma luz brilhante, tão brilhante que iluminou toda a floresta, explodiu do portal, fazendo T'Challa e os outros recuarem.

E então foi feito. O portão foi selado.

O silêncio que se seguiu foi palpável.

T'Challa, com todos os outros, se recompôs. Zeke deu um soco no ar.

– Isso! – ele gritou. E então pareceu envergonhado.

Uma quietude permeava a floresta. Até as folhas das árvores pareciam congelar, como se estivessem presas em um momento no tempo. Os corpos dos Originários que não foram sugados pelo portão jaziam amassados e imóveis. T'Challa teve que se afastar da cena horrível.

Um grito soou à esquerda de T'Challa. Ele se virou rapidamente.

Ayanda e Nareema apareceram do outro lado da floresta. Mas elas não estavam sós.

Tafari e o professor Silumko, de mãos atadas, foram empurrados para o chão a poucos metros de T'Challa e seu pai.

– Há mais deles – disse Nareema. – Com sua permissão, meu rei, nós os rastrearemos.

O Pantera Negra acenou com a cabeça uma vez, e Ayanda e Nareema correram de volta para a floresta.

Tafari ergueu os olhos arregalados, tomado de medo. Suas vestes, outrora brancas, estavam imundas. Suor e sangue manchavam sua testa. Silumko abaixou a cabeça em derrota, sem encontrar os olhos de T'Challa ou do rei.

– Meu rei! – Tafari exclamou com uma voz frenética, olhando para o Pantera Negra. – Eles me forçaram! Os invasores. Eles disseram que me dariam poder!

T'Challa não acreditou nele nem por um momento, mas ainda assim, fosse uma encenação ou não, havia lágrimas no rosto de Tafari.

– Perdoe-me, Rei T'Chaka. Eu sou um wakandano leal. Eu nunca...

– Silêncio, Tafari! – T'Challa sibilou. – Você não tem o direito de falar com o rei.

O Pantera Negra congelou onde estava. Ele encarava Tafari com uma intensidade que T'Challa nunca tinha visto antes.

– Pai? – disse T'Challa. – O que é?

O Pantera Negra continuou encarando, sem tirar os olhos de Tafari rastejando na terra.

– Este menino – disse ele com uma voz distante. – Eu sei quem ele é.

CAPÍTULO TRINTA E NOVE

– Foi há muito tempo – disse o Rei T'Chaka a T'Challa.

T'Challa e seu pai sentaram-se na sala do trono. O rei parecia cansado, com o rosto contraído. Tafari e Silumko já haviam sido interrogados pelo rei, e agora ambos estavam detidos em uma sala trancada guardada pela Dora Milaje. Os discípulos de Tafari também estavam detidos.

– Eu não entendo – disse T'Challa. – Você o conhece? Quem é ele?

O Rei T'Chaka esfregou a testa.

– Quando você era criança, com apenas um ano mais ou menos, o pai de Tafari me desafiou pelo trono. Seu nome era Hodari.

T'Challa inclinou a cabeça.

– Hodari? Nunca ouvi o nome.

O Rei T'Chaka suspirou.

– Muitos me desafiaram pelo trono, filho, mas permaneci vitorioso todos esses anos, glória a Bast.

T'Challa assentiu.

– Então o que aconteceu? Com esse homem, Hodari?

A mandíbula do Rei T'Chaka flexionou, um hábito nervoso que T'Challa notou várias vezes antes.

– Hodari era um grande guerreiro, um líder dos Jabari. Nós duelamos pelo trono em um combate cerimonial.

T'Challa tinha ouvido histórias sobre as vitórias de seu pai, mas essa era nova para ele.

– Ele era forte – Rei T'Chaka continuou –, pensei que eu poderia sucumbir. Mas, no último momento, eu o prendi. Ele não conseguia se mover, T'Challa. Mas ele... não... cederia.

O Rei T'Chaka olhou *através* de T'Challa, como se não estivesse ali na sala com ele, mas travando um combate muitos anos antes.

– "Renda-se!", eu exigi – o Rei T'Chaka sibilou com os dentes cerrados. – "*Renda-se*, Hodari!". Mas meu grito não foi ouvido. Em vez disso, Hodari enfiou a mão na túnica. Uma lâmina estava escondida lá... uma lâmina do Culto do Gorila Branco.

T'Challa teve uma lembrança repentina – a faca que ele viu no guarda-roupa de seu pai, com as presas de um gorila à mostra, o símbolo da tribo Jabari.

– Em vez de aceitar a derrota, ele passou a lâmina pela garganta.

T'Challa engasgou.

– Eu o soltei, e a faca caiu de sua mão. A família dele nunca me perdoou, T'Challa, pensando que fui eu quem desferiu o golpe mortal.

T'Challa abaixou a cabeça por um momento, dando tempo ao pai para se recuperar. Parecia que apenas contar a história o cansara ainda mais.

– Mas o combate cerimonial pelo trono sempre termina em morte para o derrotado. Não é?

A mandíbula do Rei T'Chaka flexionou novamente.

– Nem sempre, T'Challa. Eu não teria matado Hodari se ele não tivesse cedido. Às vezes, os velhos hábitos precisam ser mudados. – Houve silêncio por um momento. Rei T'Chaka soltou o ar com dificuldade.

– Como você sabia que era ele? – T'Challa perguntou depois de um momento. – Tafari. Como você sabia que ele era filho de Hodari?

O Rei T'Chaka assentiu.

– Eu conhecia a família dele. Era um homem orgulhoso e acabara de comemorar o nascimento de seu primeiro filho. Ele o chamou de Tafari. O mesmo nome que você usou quando gritou para ele ficar em silêncio.

T'Challa balançou a cabeça. Tudo faz sentido agora. Tafari se ressentiu da família real e de Wakanda pela morte de seu pai. Sua família deve ter espalhado a mentira, e foi Tafari que sofreu por isso. Ele queria uma nova Wakanda, T'Challa lembrou, livre do Culto da Pantera e de todas as suas armadilhas.

É hora de uma nova geração, Tafari havia dito... *livre da maldição do vibranium e de toda a desordem que ele trouxe.*

– Ele me falou que esse... professor Silumko o incitou, assim como aos outros alunos – continuou o Rei T'Chaka –, disse-lhes que Wakanda tinha uma história secreta, a qual poderiam reivindicar caso se rebelassem.

T'Challa pensou em seu encontro com o professor e seu jeito evasivo.

– O que vai acontecer com eles? – ele perguntou.

– Não posso condenar Tafari agora – disse o Rei T'Chaka. – Fazer isso seria uma crueldade que não suporto.

T'Challa se levantou.

– Mas... mas você poderia ter morrido, pai! Você e mamãe e todos os outros. Ele trouxe aqueles monstros aqui!

O rosto do Rei T'Chaka estava solene na escuridão da sala do trono.

– Vou encontrar uma solução. Ambos causaram grande estrago, e isso não pode ficar impune.

Com relutância, T'Challa sabia que seu pai estava certo. Ser um rei significava agir com sabedoria e justiça, não por raiva e vingança.

– O mesmo vale para os outros – continuou o rei. – Eles são jovens, T'Challa. Eu tenho que pensar sobre isso. O que causaria tal rebelião em meu governo?

O rei apoiou a testa no punho fechado.

T'Challa podia sentir sua dor. Essa revolta ocorreu sob o reinado de seu pai. *Como vou governar? O que eu faria nessa situação?*

T'Challa contou ao pai tudo sobre a revolta fracassada e como ela se desenrolou em Wakanda: seus encontros surreais na Necrópole, encontrando Zawavari e vendo o Rei Azzuri, o Sábio. O rei ouviu em silêncio, balançando a cabeça de vez em quando, totalmente envolvido com as revelações do filho.

– Os Três – disse T'Challa. – Eles não disseram quem eram, além de se autodenominarem os Guardiões do Templo e da Garra de Bast. Você sabe?

O Rei T'Chaka o estudou por um momento.

– Só consigo supor, filho. Posso ser rei, mas há mistérios em Wakanda para os quais nem mesmo eu tenho a resposta. Imagino que eles sejam antigos sacerdotes wakandanos que de alguma forma resistiram aos estragos do tempo e estão aqui para nos ajudar em nosso momento de necessidade.

– E aqueles sapos? – T'Challa continuou. Ele tinha tantas dúvidas, que não conseguia saná-las rápido o suficiente. – Você disse algo sobre o rei Salomão. O que eles são?

O Pantera Negra se recostou.

– Ah sim. As Rãs do Rei Salomão. Elas são exatamente o que você suspeita que sejam: dispositivos misteriosos que dobram o tempo e o espaço. São totens antigos, com milhares de anos. Você teve muita sorte, T'Challa. Já ouvi histórias de que esses objetos têm vontade própria e nem sempre seguem as exigências de seus donos. Eles têm uma história longa e interessante.

T'Challa soltou um suspiro, feliz por os sapos não o terem mandado com seus amigos para os confins da Terra. *Isso*, sim, teria sido um grande problema.

– Onde Tafari as conseguiu? As rãs.

O rei sorriu.

– Ele disse que o professor sabia o paradeiro delas. Estava procurando há muitos anos e as desenterrou nas ruínas de um templo. Agora eu as tenho em um lugar seguro, seladas em um cofre de vibranium.

– Eu também tenho algumas coisas – disse T'Challa – que devem ser guardadas. Coisas dos... dos Orixás. Vou trazê-las aqui para mantê-las em segurança.

– Você tem sorte de tê-las recebido como um presente – disse o rei. – Certamente é um sinal de que é abençoado pelos deuses.

T'Challa engoliu em seco e sentiu uma ardência atrás dos olhos. O que ele viu e experimentou no Templo de Bast foi extraordinário, mas seu pai acreditou nele e até sentiu que era um presságio de seu futuro.

– Os... Originários – T'Challa começou. – Você sabia deles? Nunca tinha ouvido falar deles em meus estudos.

– Eu tinha ouvido histórias dos anciãos – T'Chaka respondeu –, mas nunca imaginei que pudessem ser reais mesmo. Eu estava errado.

T'Challa tinha mais uma pergunta e a fez com hesitação.

– Pai. Os Reinos Inferiores. O que aconteceu lá?

– Existem coisas no mundo invisível, T'Challa, que é melhor deixarmos em paz. Os Reinos Inferiores levam a mundos mais profundos e sombrios. Eu tive que usar toda a minha força e inteligência para escapar ou ficaria preso lá por toda a eternidade.

Uma sombra pareceu passar por seu rosto. T'Challa soube naquele momento que seu pai nunca mais falaria sobre isso.

– Estou feliz que você esteja em casa, pai. Você e mamãe.

– Graças a Bast – seu pai respondeu – e ao nosso vibranium, que permitiu que eu me curasse rapidamente e pudesse voltar para ajudá-lo. Embora, se é que posso dizer, eu ache que você estava indo muito bem mesmo antes da minha chegada.

T'Challa não comentou, mas ofereceu um sorriso fraco.

– Não estaríamos aqui sem você, filho. *E* sua irmã e os seus amigos. Você fez o que um verdadeiro líder deve fazer, e, por isso, estou orgulhoso.

– Eu poderia ter feito mais – admitiu T'Challa. – Tafari fez uma ameaça antes do festival. Não dei atenção, e então...

O Rei T'Chaka o interrompeu.

– Mas você também aprendeu uma lição valiosa, não é?

– O quê? – T'Challa perguntou. – Que lição?

O rei se inclinou para a frente, seus olhos castanhos ferozes.

– Nunca subestime uma ameaça.

– Sim, senhor – disse T'Challa. – Nunca mais farei isso.

T'Challa fez uma leve reverência com a cabeça e se virou para sair.

– T'Challa – seu pai gritou para suas costas enquanto ele saía.

T'Challa se virou.

– Essa garra em seu pescoço. Isso também é um presente dos Orixás?

T'Challa ergueu a mão e passou o dedo ao longo da corrente.

– É, pai. Disseram que era a Garra de Bast. Vou entregá-la a você para guardá-la.

Ele pegou a corrente para removê-la do pescoço.

– Não – disse o pai. – Acho que combina com você – ele fez uma pausa. – Jovem Pantera.

O coração de T'Challa inchou quando ele se virou.

Ao deixar a sala do trono, ele passou por Akema, que montava guarda. Ela olhou para ele e deu um breve aceno de cabeça. Mas parecia diferente desta vez. Parecia um gesto de respeito.

CAPÍTULO QUARENTA

T'Challa, Sheila e Zeke descansavam nos aposentos privados do príncipe. Pratos de carnes grelhadas, legumes e pão foram colocados diante deles, bem como algumas jarras geladas de Kola Kola.

– É assim que eu gosto! – disse Zeke, enchendo a boca com outro figo doce. – Eu esperava muitas guloseimas saborosas e uma nova culinária nesta viagem, mas tudo o que consegui foi um bando de homens-cobra.

T'Challa estremeceu. Embora a ameaça tivesse acabado, as imagens dos terríveis Simbi e Anansi ainda estavam presentes em sua mente.

A rede wakandana estava de volta, graças aos técnicos do laboratório de ciências. Parecia que Tafari e professor Silumko tinham usado um malware aprimorado com vibranium junto com um pulso eletromagnético para desativá-la.

– Então, só temos mais alguns dias para aproveitar – disse Sheila. – O que deveríamos fazer?

T'Challa não tinha certeza se estava pronto para alguma coisa. Ele queria se divertir com seus amigos nesses poucos dias restantes, mas ainda não podia deixar tudo para trás. A viagem deles para Wakanda seria algo que nunca esqueceriam, para o bem ou para o mal.

– Eu só preciso descansar um pouco mais, pessoal – disse T'Challa. – Desculpe.

Seus amigos lhe deram sorrisos simpáticos. Eles conseguiriam sentir o quanto ele estava emocionalmente esgotado, por dentro e por fora?

Quando eles finalmente saíram, T'Challa dormiu e sonhou com deuses e monstros.

Zeke acelerou ao lado de T'Challa com sua moto voadora a todo vapor.

– Não consegue me alcançar! – ele gritou ao vento enquanto passava.

Sheila, a uma distância confortável atrás de ambos, balançou a cabeça.

– Meninos... – ela sussurrou.

T'Challa correu para alcançá-lo. Sentia-se feliz por seus amigos estarem se divertindo nos últimos dias. Sheila até conseguiu uma visita aos laboratórios de ciências, com Shuri como acompanhante. O rei havia feito um convite especial depois de seu "serviço à nação".

Quanto a T'Challa, ele estava se sentindo muito bem, e a provação dos últimos dias não estava mais em sua mente.

Poderia facilmente ter ultrapassado Zeke, mas recuou apenas para dar a ele a emoção da vitória. Todos pararam perto do Lago Turkana, como haviam feito antes de toda a loucura começar.

– Foi divertido! – Zeke exclamou.

– Deveria ter ficado com Shuri no laboratório – reclamou Sheila.

T'Challa enxugou gotas de suor da testa. O sol estava alto e brilhante, e a brisa fresca que vinha do lago era um alívio.

Todos eles deixaram suas bicicletas e caminharam até a beira da água. Zeke tirou os sapatos e caminhou pela areia dourada.

– Há algo que preciso dizer a vocês – T'Challa disse.

Zeke e Sheila congelaram, prontos para notícias terríveis.

– Ah. Desculpe – T'Challa disse. – Não é nada ruim. Meu pai dará uma festa hoje à noite, e vocês dois estão convidados!

Os olhos de Zeke se arregalaram.

– Que tipo de comida haverá lá?

– Sério? – Sheila interveio, olhando de soslaio para Zeke.

– Qualquer coisa que você quiser, Zeke – disse T'Challa. – Mas eu duvido que haverá MoonPies.

– Talvez eu possa ensinar alguém a fazer um – disse Zeke. – Aquela chef legal. Qual era o nome dela? Gloria?

T'Challa balançou a cabeça, rindo.

– Sim, é a Gloria. Se você conhece todos os ingredientes, posso passar para ela. Tenho certeza de que ela também dará seu toque.

Zeke lambeu os lábios.

Mais tarde naquela noite, T'Challa se encontrou com Zeke e Sheila, e eles se dirigiram para uma área não muito longe do palácio. Reuniram-se em um espaço aberto perto de uma encosta com árvores varridas pelo vento e plantas floridas. As pessoas estavam por toda parte, cantando e dançando, oferecendo comida de graça, pelo que Zeke imediatamente se interessou. Foi um antídoto pacífico para os problemas que se abateram sobre o país.

M'Baku e Shuri se juntaram a eles perto de um lugar especial reservado para o rei e a rainha. E, quando o sol começou a se pôr, vermelho e laranja brilharam no céu, músicos assumiram a bateria e a vibração de Wakanda flutuou sobre a multidão.

– Não há festa como uma festa de Wakanda – disse Zeke, pegando um petisco de um homem que passava com uma bandeja de guloseimas.

– O que é? – Sheila perguntou, imaginando o que Zeke tinha acabado de comer.

– Não faço ideia – Zeke respondeu, colocando-o na boca.

O Rei T'Chaka e a Rainha Ramonda caminhavam entre a multidão, cumprimentando cada pessoa por quem passavam com um sorriso caloroso. As Dora Milaje, sempre vigilantes, mantinham um olhar atento sobre os arredores da mesma forma.

– Então – disse o Rei T'Chaka, parando na frente de T'Challa e de seus amigos. – Eu acho que temos que agradecer a vocês dois também.

Zeke quase se engasgou com a comida.

– Uh, sim, senhor – ele começou. – Quero dizer... uh...

– Foi uma honra estar aqui – disse Sheila, vindo em socorro. – T'Challa é nosso melhor amigo, e ele nos ajudou de maneiras que nem podemos contar.

– Bom – disse a Rainha Ramonda. – Ficamos felizes por ele ter amigos em quem realmente pode confiar. Vocês significam muito para ele.

T'Challa se inquietou um pouco, envergonhado. Shuri riu.

– Queremos dar a vocês algo como lembrança de sua viagem para Wakanda – Rei T'Chaka disse.

Sheila e Zeke ficaram imóveis, tentando esconder a empolgação.

A Rainha Ramonda olhou para uma das Dora Milaje, que lhe trouxe uma caixinha.

– Este é um agradecimento da nação – disse o Rei T'Chaka.

– Obrigado – Zeke e Sheila disseram ao mesmo tempo.

Sheila pegou a caixa nas mãos. Era pequena e preta e coberta de veludo amassado.

– Bem, abra! – Shuri exclamou.

Sheila a entregou a Zeke.

– Você abre – disse ela.

Zeke pegou a caixa e, sendo o mais respeitoso possível na presença do rei e da rainha, abriu-a lentamente e tentou abafar sua animação.

– Uau! – ele sussurrou.

Sheila se inclinou.

Dentro da caixa, dois anéis foram revelados. Zeke tirou um e entregou o outro a Sheila.

– Esses anéis têm uma pedra feita de vibranium – disse o Pantera Negra. – Não o suficiente para uso tecnológico, mas, ainda assim, considerem-se os únicos americanos a ter um pouco do metal mais valioso de Wakanda.

– Além do Capitão América – T'Challa os lembrou.

Sheila teve que cutucar Zeke para fechar a boca.

Zeke deslizou o anel em seu dedo e o ergueu. Uma pequena pedra cinza parecia piscar um pouco na luz fraca.

– É lindo – disse Sheila, virando o pulso como uma modelo de mãos.

– A nação agradece – disse a Rainha Ramonda. T'Challa sorriu com a generosidade de seus pais.

– Temos mais convidados para cumprimentar – o rei disse e, para surpresa de T'Challa, levou os braços ao peito. – Wakanda para sempre, Zeke.

Zeke congelou. Ele engoliu em seco. Seu rosto parecia passar por uma infinidade de expressões de uma só vez. Finalmente, devolveu o gesto.

– Wakanda para sempre... senhor.

O Pantera Negra riu e levou a rainha embora.

– Bem – disse Sheila –, esse é... Acho que nunca vou esquecer este momento.

– Nunca – disse Zeke, hipnotizado pelo anel brilhante em seu dedo. – Nunca... mais.

Naquela noite, enquanto seus amigos dormiam, T'Challa caminhou até seu lugar favorito – o Oásis. A brisa fresca e os juncos balançando suavemente pareciam um bálsamo para sua alma. Pensou em tudo o que tinha passado. Ele tinha visto os Orixás, pelo amor de Bast. Foi um sonho?

Isso realmente aconteceu, ele disse a si mesmo. A Garra, o Cetro e o Olho de Bast eram a prova.

– O Olho – ele sussurrou. Ele havia usado a garra e o cetro, mas nunca o anel.

Tirou o Olho de Bast do bolso.

Com o Olho de Bast, você verá o além.

Ele o ergueu para o céu noturno. A lua cheia encheu o círculo com um brilho. E dentro desse brilho ele teve uma visão. Uma visão em que se sentava no Trono do Pantera como o protetor de Wakanda. Ele sentiu, apenas por um momento, o poder da Deusa Pantera, Bast, pulsando em suas veias.

Ele queria correr pelo Vale dos Reis e sentir a terra sob seus pés trovejantes. Queria abrir a boca e rugir.

Ele era o Rei T'Challa, filho de T'Chaka, neto do Rei Azzuri, o Sábio.

Ele era o Pantera Negra.

Vida longa ao rei.

AGRADECIMENTOS

Tem sido uma emoção e uma honra escrever a trilogia do Jovem Príncipe. Gostaria de agradecer a todo o pessoal da Marvel Press e da Disney Books por esta incrível oportunidade. Em particular, a Emeli Juhlin, John Morgan, Hannah Hill e a todos que trabalham nos departamentos de relações públicas e marketing. Também gostaria de agradecer ao agente Adriann Ranta Zurhellen e a todos os leitores, bibliotecários, educadores e organizadores de festivais que me apoiaram ao longo dos anos. Agora é o momento mais importante para escrever para os jovens. Com um mundo em constante mudança, temos que continuar a escrever livros que enriqueçam a vida das crianças e reflitam o mundo real.

Como disse o Rei T'Challa:

> "Agora, mais do que nunca, as ilusões da segregação ameaçam nossa própria existência. Todos nós sabemos a verdade: mais coisas nos conectam do que nos separam. Mas, em tempos de crise, os sábios constroem pontes, enquanto os tolos constroem barreiras. Devemos encontrar uma maneira de cuidar uns dos outros como se fôssemos uma única tribo."
>
> – *Pantera Negra*, Marvel Studios